Here
从此之后
当深爱之人离去
After

[加拿大] 艾米·林 / 著

田明刚　唐苏宇 / 译

中国友谊出版公司

图书在版编目（CIP）数据

从此之后：当深爱之人离去 /（加）艾米·林著；田明刚，唐苏宇译. -- 北京：中国友谊出版公司，2025.6. -- ISBN 978-7-5057-6069-1

Ⅰ.I711.55

中国国家版本馆CIP数据核字第202548JQ52号

著作权合同登记号　图字：01-2025-2482

HERE AFTER: A Memoir
by Amy Lin
Copyright © 2024 by Amy Lin
Published by arrangement with Curtis Brown, Ltd.
through Bardon Chinese Creative Agency Limited
Simplified Chinese translation copyright ©(2025)
by Hangzhou Blue Lion Cultural & Creative Co., Ltd.
ALL RIGHTS RESERVED

书名	从此之后：当深爱之人离去
作者	[加拿大]艾米·林
译者	田明刚　唐苏宇
出版	中国友谊出版公司
策划	杭州蓝狮子文化创意股份有限公司
发行	杭州飞阅图书有限公司
经销	新华书店
制版	杭州真凯文化艺术有限公司
印刷	浙江海虹彩色印务有限公司
规格	880毫米×1230毫米　32开 8.125印张　158千字
版次	2025年6月第1版
印次	2025年6月第1次印刷
书号	ISBN 978-7-5057-6069-1
定价	59.00元
地址	北京市朝阳区西坝河南里17号楼
邮编	100028
电话	（010）64678009

"这本书是一个小小的奇迹——它是一种纯粹、无比勇敢的爱的表达。"

——ELLE杂志

"如果你曾经历过那种足以颠覆生活的巨大损失,因而不再想听那些关于希望或走出困境的故事,而是渴望那些能直面伤痛的故事;如果你正在寻找一个能直面自己痛苦的地方,或者想在痛苦中不再那么孤独,那么《从此之后》可能就是你需要的心灵伴侣。"

——《时尚先生》杂志(*Esquire*)

"当作者在难以名状的失去后艰难前行时,她将我们带入她的世界,读者会既为之动容,又心怀感激。这部作品对年轻丧偶生活的进行了细腻刻画,情感真挚且富有感染力。"

——《柯克斯书评》(*Kirkus Reviews*)

从此之后：当深爱之人离去

"林的回忆录令人惊叹。每一章都充满了紧迫感……当下与回忆之间的张力，让这本书尽管展现了人性的脆弱，却仍有一种空灵之感……书中的章节如诗歌般碎片化，传达出人们想要为难以言表之事找到言语、在无意义中探寻意义的强烈渴望。"

——《图书馆杂志》（*Library Journal*）

"这本书以简短而富有诗意的片段写成，其深刻、爱与痛苦令人震撼。它令人心碎，却又无比美好，最重要的是，它无比坦诚……还带着一丝微弱的希望之光。强烈推荐。"

——《书单》杂志（*Booklist*）

"林在回忆录中的讲述方式十分精彩，通过一个个与柯蒂斯相遇和失去他的片段，这种讲述美得令人心碎……林教会我们，或者说是提醒我们，陪伴他人直面悲伤，远比徒劳地试图转移他们的注意力更有帮助。"

——《有声读物》杂志（*Audiofile*）

"艾米·林的这本书是我读过的关于悲伤的最佳回忆录之一。"

——苏珊·布卢姆伯格-卡森（Susan Blumberg-Kason）

《茶》杂志（*Cha Journal*）

"翻开艾米·林这部扣人心弦的新作时，只觉得多年未曾有过的震撼与感动再次涌上心头。林用她的笔触，将极致痛苦与美妙感受交织起来，让我们感同身受。这无疑是部佳作。"

——劳伦·格罗夫（Lauren Groff）

《命运与愤怒》（*Fates and Furies*）作者

"艾米·林的首部回忆录见证了世间一切美好、令人心碎与无法避免之事。她以那绝对的精确和毫不退缩的坦率，与我们分享了爱情与失去、希望与疗愈的深刻交织。自从读完琼·迪迪翁的《奇想之年》以后，还没有哪部作品能如《从此之后》这般让我这样敞开心扉了。"

——黛比·米尔曼(Debbie Millman)

《设计为何重要》（*Why Design Matters*）作者

兼任《设计很重要》播客栏目主持人

从此之后：当深爱之人离去

"《从此之后》巧妙地处理悲伤与生存这一对如影随形的幽灵。它如同一首钢铁铸就的交响乐，讲述了亲人意外去世及其所引发的必然、难以承受的后果。"

——卡门·马查多（Carmen Machado）

《梦之屋》（*In the Dream House*）作者

"《从此之后》讲述了一个令人心碎的故事，关于一对年轻夫妇迷失的未来，以及一位心灵饱受摧残、陷入无尽悲伤的作家的亲身经历。她的笔触极其清透，展现了那些无法愈合的伤口、永远破碎的故事，以及爱的坚韧力量。这部回忆录呈现了深层而又本质的东西。"

——劳拉·范登伯格（Laura Van Den Berg）

《第三酒店》（*The Third Hotel*）作者

"书名的选择相当合适。艾米·林所撰写的关于爱情与失去的回忆录,真实而令人心碎。只有亲身经历过悲痛,才能深刻领会这些文字中蕴藏的悲痛。林的笔触生动、流畅且坚定,如同悲伤本身。"

——香农·利昂·福勒(Shannon Leone Fowler)
《与幽灵同行》(*Traveling With Ghosts*)作者

"艾米·林知道如何直面悲痛,也知晓其无时不有的常态。悲痛,始终与我们如影随形;随之而来的就是,作家将会陪伴您走过漫长的旅程。这本书犹如一座避风港,为我的泪水提供了容身之地,若你愿意,它同样愿意接纳你的泪水。"

——马修·萨莱斯(Matthew Salesses)
《现实世界中的工艺》(*Craft in the Real World*)作者

致

柯蒂斯

像堆砌砖块一样堆砌着联想。
回忆本身就是一种建筑式样。

——路易丝·布尔乔亚（Louise Bourgeois）

1

初见柯蒂斯时,我并不知道他的身份。

那时,我正坐在车里,车停在人行横道旁。他从我的车前经过,准备去见相亲对象。恰好我也是。他身穿一件深蓝色的夹克衫,双腿修长,身形轻盈而优雅。

"为什么我永远遇不到像他这样的男人呢?"我心中暗自思量。他确实英俊非凡。

2

在网上,有一篇询问粉丝的帖子:

"关于悲伤,你希望其他人知道的一件事是什么?"

有几百条回复,我看了其中的前12条:

它不会结束。
它不会停止。
你一直在想着它。
它永远不会结束。
它一直与你同在。
它无法摆脱。
它永远不会消失。
它让人筋疲力尽。
它无处不在。
它总是存在。
再多的时间都无法减轻悲伤。
它是永恒的。

3

我们第一次约会时,正值六、七月之交。柯蒂斯告诉我说,他是一名建筑师,而我则告诉他,我是一名代课老师。我俩都留着一头罕见的长发。他的刚好及肩,而我则长发及腰。他的父亲是日本人,母亲是乌克兰人,我的父亲则是中国人,母亲是英国人。我们漫步在城市的大街小巷中。他为我说明了法院大楼高耸的玻璃面板是如何构建起来,才使得这栋楼在太阳下闪闪发光的。他的脸颊紧贴着玻璃,仰望着天空。我曾因对超速罚单有异议来过这里,但那时我并没有觉得这栋楼有什么大不了的。但现在看到他如此热爱这个建筑,让我也不由自主开始喜欢起来。

4

有一次，我骑着电动摩托车穿过市中心。那时，距离我俩第一次约会已经过去了6年多。新冠肺炎疫情肆虐过的痕迹随处可见：口罩被揉成一团扔在地上，露台上的餐桌间保持着6英尺①的距离，而我的小型摩托车篮子里放着一瓶洗手液。那时正值8月，是疫情暴发后的第五个月，阳光普照大地。我骑着摩托车穿过了三个街区，突然间，一处路面凹陷吓了我一跳。一个急转弯后，我摔倒在人行横道上。左膝的伤口让我疼得喘不过气来。我发短信给柯蒂斯，让他开车来接我回家。

柯蒂斯当然来接我了。他试图搀扶着我，让我一瘸一拐地走向汽车，但我挥手示意让他走开。

"我自己能行的。"我坚持说，可单脚跳跃的我还是差点再次摔倒。

他坚持要我搭着他的肩膀走。我觉得接受他的帮助很愚蠢，我也总是觉得接受帮助很愚蠢。

---

① 1英尺≈0.3米

5

第一次约会后,他居然会把我讲的每个故事都记在手机备忘录里,这样他就不会忘记了。我告诉妈妈,他其实很有趣,并不无聊。

妈妈惊讶地说,"你喜欢他?"

她的确很惊讶,因为我以前从未对任何人有过这样的感觉。

"是的,我喜欢他。"我答道。

6

从电动摩托车上摔下来后,我们回到家中,柯蒂斯每隔几个小时就会在我受伤的膝盖上敷上冰袋。然而,我的膝盖还是肿得厉害。为了确定关键组织是否撕裂,我去做了超声检查。技术员告诉我一切都没问题时,我和柯蒂斯一起庆祝这个好消息。

"真幸运。"我感慨道。

那时,我们住在卡尔加里。虽然我们已经结婚21个月,但在一起快7年了。柯蒂斯32岁,我31岁。他会用玻璃壶为我冲泡绿茶,还会在我们狭小的浴室里练习魔术,稍后会为我表演,成功的程度各不相同。如果他知道这会让我笑起来的话,他就会赤裸着身子在我们小公寓的走廊里扭动身体,来回穿梭,而我笑得露出牙齿时,他便会为我的笑容而洋洋自得。

我总是不知道要怎么去回忆。

有些时候,和他共同度过的日子仿佛是一场幻觉。我们的生命笼罩在一层柔和的光辉之下,很微妙。

这一切真的发生过吗?

我真的是他的妻子吗?

他是在我身边醒来的吗?

我们一起笑过吗?

我知道答案是肯定的,但这份确信,与我知道他已经离世的现实并存,让我意识到,并非所有的感觉都能代表真实的经历。

7

"你是愿意拥有健康的身体但失去理智,还是宁愿身体垮掉但保持清醒的头脑呢?"

我们第一次约会时,我一边喝着苹果酒,一边吃着鱼肉卷,问了他这个问题。

他毫不犹豫地回答道:"身体。"

我对此感到惊愕不已。

"回答并不正确。"我笑着说道。

他咧嘴一笑的那一刻,我注意到他的门牙比其他牙齿更白一点。

他离世以后,家庭医生对我进行了评估,第一项便是测量悲伤对我生活的影响程度。结果显示我的悲伤指数高达74.4%。

"这真的很高。"医生担忧地说道。

我想说的是,看吧,这真的很糟糕。

8

在我们第一次和第二次约会之间,他发现了我在国外读大学时写的一篇博客,还看完了全文。当他再次给我打电话时,他询问我为什么告诉他说我是一名代课老师。

"你明明就是个作家。"他气愤地说。

"我不是。"我无奈地答道。

"你就是。"他坚持道。

我不知道他怎能如此笃定我是个作家,因为连我自己都未曾如此大声地肯定过这一点,而他是第一个斩钉截铁地指出这一点的人。

9

在我们第二次约会的那天,他花了一个小时为我精心制作了烤奶酪三明治,但因为是奶制品,我吃不了。他选的葡萄酒也是我不喜欢的。这些东西都装在一个背包里,包里还有一块折叠整齐的野餐垫和一个便携音箱。

他让我骑着他那辆棕色拼奶油白色的备用公路自行车。

我们抵达一座山坡时,我实在骑不动了。因为我生病了,肺部很虚弱,身体状况并不佳,而他却没有。他上山的速度非常快,如履平地。我试图跟上他的节奏,不想承认自己做不到。我的双腿发烫,胸部痉挛,呼吸变得微弱。我累得头晕目眩了。就在我的前轮终于超过他的车轮的那一瞬间,我觉得自己仿佛可以做到,但紧接着,我眼前一黑,从自行车上摔了下来。我醒过来时,第一眼看到的就是他忧心忡忡的脸。

后来,他跟我说这是有史以来最糟糕的一次约会了,但我并不这么认为。我很喜欢这次约会,因为从前从来没有人为我费这么大的劲,从来没有人像他那样目不转睛地看着我,仿佛他接下来所做的一切都要听我的意见。

10

我和柯蒂斯都不在家，而是和我的家人住在树林旁的度假小屋里，这里离我们的家有4个小时的路程。此时已是八月中旬，距离我在市中心从电动摩托车上摔下来已有两个星期。第二天早上，柯蒂斯、我妈妈、我爸爸、我妹妹还有我妹夫正计划参加"虚拟"半程马拉松比赛。这意味着他们将在度假屋周围的道路上跑21.1千米。

原本，这场"半马"应该是一场官方实地赛事，汇聚了众多热爱跑步的注册选手。然而，鉴于疫情已经肆虐了5个月，现在都不能面对面接触了。因此，赛事组织者通知选手们可以在加拿大境内的任意地方完成这项挑战，只要在规定的日期内跑完全程即可。为了追踪选手的跑步进程，赛事主办方还要求所有选手下载一款运动软件。遗憾的是，由于我的膝盖受伤，我无法和家人一起参与这场赛事。

当晚，大家都早早上床休息了，为明早的比赛好好休整一番。在关掉床头灯之前，柯蒂斯在我头上缠了一条蓝色的冰带。那年夏天，因为我们即将搬家的压力，我几乎每天都头痛。尽管他获得了一份温哥华的工作机会,而且海边生活一直是我的梦想,但我一直以来都无法很好地适应这种变化,哪怕是那些我内心渴望发生的变化。

他给我看网上发布的公寓广告时,我调整了太阳穴上的冰带。尽管当前的疫情形势严峻,乘坐飞机也充满了危险,但他仍然觉得我们应该尽快前往温哥华,亲自看看公寓。我内心深感焦虑,不仅仅是因为疫情时期的出行风险,更是因为我即将离开卡尔加里,离开这个我出生的城市,离开我的家人,离开我从事了7年的教师工作。

他想让我全职写作。我最终决定等到了温哥华会试一试。

"我很担心,"我跟他说,"要是我一个字都写不出来怎么办?"

"你一定会写出一本畅销书的。"他鼓励我说。

"你怎么知道呢?"我好奇地反问道。

他咧着嘴笑了笑,朝我摇了摇头。我们一起蜷缩在床上。他换了个话题,问我想不想听一些新鲜八卦。

然而,那晚竟然是他生命的最后一个晚上。房间里一片漆黑,没有一丝光亮。我渐渐进入梦乡,像往常一样,我的手臂搂住他,头则靠在他的胸前。

"明天早上告诉我？"我迷迷糊糊地问，而他温柔地回答道，"当然了。"

11

家庭医生对我进行了另一项评估,即测量我的疼痛等级,一共分为四个程度:无、轻度、中度和重度。

"评估结果在这儿。"医生说着,递了一张纸给我。

我仔细阅读了上面列出的各种人类可能体验到的痛苦形式:

阵阵抽痛
刺痛
受棍棒重击的钝痛
因利器割伤的锐痛
痉挛般的绞痛
啃噬痛
烧灼痛
钻心般的疼痛
沉重的疼痛感
仿佛被劈裂的剧痛
倦怠带来的疲惫感
心理上的厌恶感

深入骨髓的恐惧

残酷惩罚带来的心理与身体的双重痛苦

我此刻感到有些眩晕，只觉得文字在纸上游移，模糊不清，我竭力将手指轻轻放在每个字旁，集中我的注意力。

医生看着我，语气温和地说："恐慌很常见。在这个时候，焦虑、悲伤、渴望、注意力难以集中，以及对未来不确定性的困惑，都是人们常见的反应。"

我停顿了一下。深吸了一口气，然后缓缓地问道："那么，接下来我将会面临什么呢？"

12

当他首次在醉意中呢喃出那三个字"我爱你"时,我怀疑自己是否听错了。他说的话因酒精而有些含糊,我们俩当时都赤诚相对。清晨,他清醒地穿着衣服,再次肯定地说:"是的,我是认真的。"

那一刻,我的呼吸突然变得急促,心中涌起一阵惊恐。我得到了长久以来渴望的东西,但随之而来的却是深深的恐惧,我害怕这份珍贵会瞬间消逝。那一刻,我无法向他解释这种复杂的情绪。我哭得直喘气,说不出话来。他看着我,手足无措。他离开了房间,去纽约街头买了一个芝麻贝果和素奶油奶酪。雪花粘附在酒店房间的落地窗上。我能看到街道对面的纽约公共图书馆。他回来时,把贝果放在我鼻子前,而我仍在一旁抽泣。最终,我咬了一口贝果。我爱他,但心里害怕这份爱。

我一直试着提醒他,告诉他其他人都选择离我而去。我告诉他我的紧张,我的多虑,我的喋喋不休,我的寡言少语,还有我的冷漠。我告诉他,早晨的我不喜欢看电视,不喜欢闲聊,也不喜欢做家务。在车里,音乐的选择权必须掌握在我手中。

我强调说："我不适合你，我会把你累坏的。"

他点了点头，表面上似乎对我的话表示认同，但我能感觉到他内心想法不同。

我质疑道："你其实并没有在认真听我说话。"

"我在听，"他微笑着回应，"我认为你并没有错。"

13

在他生命的最后一个早晨,他起得很早。那天是2020年8月15日。他抱着我的时候,不小心压到了我还肿胀着的膝盖,疼痛让我痛哭出声,轻轻把他推开。他吃了一小块原味贝果,喝了半杯黄色的运动饮料(他总是说那颜色最糟糕,但却是他的最爱)。

我们在房子周围的树林里规划了一条跑步路线,在这条路线上可以看到山峦、胡杨林、大片的松树和枞树,以及闪闪发光的湖泊。

他来来回回地晃着他那修长的胳膊。
"我有点怕。"他咧着嘴笑着说。
他已经有几年没跑过半程马拉松了,但他在大学期间一直在跑田径。我知道他其实并不担心。他的四肢放松,表情自如。在他走出家门之前,我轻声说:"别太累了,爱你。"

比赛半途中,我的家人看到了他。他们正朝着第一个10千米的目标跑去,而他已经跑完了10千米,快到11千米了。他总是比我们大家跑得都更快。他笑着鼓掌,叫出他们每个人的名字为他们加油鼓劲。

14

"你觉得悲伤也有种美。"柯蒂斯曾对我说。

"我没有。"我矢口否认,但不得不承认,他说得对。

现在他不再是对的了,他什么都不是了。

家庭医生又为我安排了另一项测试,请将以下短语按从"不""有时""经常"的频率排序:

——大多数人都不知道我的病情有多严重

(经常)

——我的生活从此不同

(经常)

——没有人应该这样活着

(经常)

——我不敢相信这会发生在我身上

(经常)

——没有什么能弥补我所经历的一切

(经常)

——我害怕我的病情会恶化

（经常）

——我觉得我再也无法忍受了

（经常）

——我似乎很难将病情置之脑后

（经常）

——我没有办法减轻我的症状

（经常）

——我不知道是否会发生严重的事情

（我告诉我的家庭医生说："事情很严重。"）

——我的症状很糟糕，我觉它们压得我喘不过气来

（经常）

——我总是担心我的症状是否会消失

（经常）

15

柯蒂斯并没有从那扇门回来，但我父亲回来了。

"快上车，"我父亲急促地说，"柯蒂斯出事了。"

因汗水浸湿的白发贴在父亲的额头上。我下身穿着黑色短裤，上身穿着一件宽松的淡粉色圆领运动衫。

不到一千米的车程，我们就到了公路旁的一座人行天桥。这座桥的栅栏是银白色的，桥下流淌着一条河流。我在车里大声祈祷，这是多年来我第一次祈祷。

桥上，一辆救护车静静地停着，周围聚集着一群人，双向的车流都因此而停滞。我朝着救护车走去，但一名加拿大皇家骑警拦住了我。他问我是谁？

"我是他的妻子。"我回答得十分镇定。

我问他昏迷了多久。警察只是看了看他的肩膀，没有回答。我们的目光看向医护人员，他们正在剧烈地进行心肺复苏的操作。我的心脏平稳地跳动着，没有惊慌，没有恐惧，没有害怕。

回想起多年前，我和母亲一同跑步时，她曾被一名骑自行车的人从后方撞倒。她倒在地上昏迷了几分钟，鲜血从她的条纹头巾中渗出，把她淡褐色的短发染成了深色。那时，我表现得非常冷静，急救人员和急诊室医生甚至都说我在危急关头表现出色。我向他们表示了感谢，尽管我的衣服上沾满了母亲的鲜血。

16

夏天来临时，我们步行去一家爱美多意式冰淇淋店（AmatoGelato），点了一份双球华夫冰淇淋甜筒。他喜欢冰淇淋，可我要是吃了乳制品的话，我那不耐受的肠道会灼烧疼痛，但这共享甜品的仪式感很甜蜜。我每次点的东西都是一样的，都是摩卡巧克力布朗尼，而柯蒂斯却犹豫不决，想尝试新口味，却又无从下手。有一次，他点了他最喜欢的薄荷巧克力味，那个年轻的服务员舀着冰淇淋球说："哥们，这个世界有很多值得期待的事情，但这个口味不算。"

每次做决定前，他都要问问我的意见。从早晨挑选哪条四角内裤开始，到工作中午的餐点，再到如何搭配夹克与裤子，他甚至会询问我是否会喜欢他所选的裤子。当我问他，在我们订婚时，一个常常犹豫不决的人是如何如此笃定地认为我就是他的命中注定呢。

"你不会是一个选项，"他肯定地说，"你，一直都是我唯一的答案。"

17

在我爬回车内,跟着救护车把柯蒂斯带走之前,我看到了我妹妹。她正坐在桥边的一片草地上,整个身体颤抖不止。

她告诉我说:"我正努力着坚强起来。"

可她的牙齿咬得咯咯作响。

"会没事的。"我尝试安慰她,虽然我们都不抱过多的希望。

去医院的路上,我问了我父亲那个警察避而不答的问题。

"他昏迷了多久?"

"很久了。"父亲平静地答道。

父亲定睛看着我,头也没有转开。

我坚持说道:"我想知道确切的时间。"

每周至少会出现一次这种情况——如果我们没有同床共枕或最近分开了,我都会问柯蒂斯:"你是打算离开我吗?"

18

医院里，我和父亲坐在堆满了笨重仪器的小房间里。父亲一动不动，那双大手搭在他瘦骨嶙峋的膝盖上。当医生找到我们时，她的蓝色手术口罩深深吸引了我的注意，这与她眼睛的颜色十分相称。她告诉我们他们所做的一切：心肺复苏、除颤，以及其他一些措施，但我却听不进去了，因为我的话已经涌到了嗓子眼，脱口而出，打断了她。

"我的丈夫去世了。"我激动地说道。

她点了点头。是的，他们已经检查了所有的生命体征。他的心脏停止跳动了一个多小时，再也没恢复跳动。

随后，在我的请求下，医生和父亲离开了，让我一个人静一静。我盯着仪器，在想着这到底是什么仪器。我不懂这台仪器为什么这么大，不懂这狭小的房间为什么可以容纳这么大一台仪器。我已麻木不堪了。

一切似乎都不可能了。我摸了摸鼻子、嘴唇和下巴，想看看自己是否还存在。房间的一切在我的脑中闪现：灰色的墙壁、灰色的仪器，灰白色瓷砖，灰绿色椅套，还有我膝盖上那松垮、粗糙的灰褐色绷带。

母亲被骑自行车的人撞倒后完全康复了，甚至超过了医生的预期。虽然她一点也不记得那场事故，可我却时常被噩梦惊扰，梦中总是浮现母亲松弛的脸庞重重地倒在人行道上的场景。我的心理治疗师RJ告诉我说，这些噩梦，其实是我在母亲受伤倒地、血流不止时，为了保持冷静，而刻意压制下的恐惧在作祟。

"你不想让自己体验恐惧。"RJ轻声说。

"这就是我们的做法。"我回答道。

母亲只能低声说话。她神志不清地被固定在担架上，淡褐色的双眼睁得大大的，她在我耳边说："我有点害怕……我有点……我……"

19

由于警察需要我去正式确认柯蒂斯的身份,所以我离开了医院那间狭小的房间。

"我来吧。"我父亲想帮一帮我,但我摇了摇头。

我跛着脚走到急诊部。医生领着我,走进了一个位于我左手边的小房间里。

他躺在急救专用的黄色脊柱板上,那是他们用来将他从桥上运送到医院的工具。

现在,脊柱板放在检查台上。医生告诉我,我可以隔着盖在他腹部的盖布触摸他。我想这盖布是为了掩盖心肺复苏和其他急救手术在他身上留下的痕迹。

我最先看到的是他的跑鞋鞋底,那双鞋总是不合脚,让他脚底起了很大的水泡。然后是他睁开着的棕色大眼睛,就像生前一样。但死亡让他的眼睛睁得比生前更大,棕色的瞳孔也变淡了,变得如同玻璃般透明。

他的发根被汗水浸得发白，一动不动地躺着。肤色看起来不自然，就像牛奶加热后的样子。额头中央，有一道淡淡的棕色擦伤。透过盖布，我可以看到他双手微微弯曲的弧度。我隔着盖布，触摸着他的右手指尖。我告诉他说，我爱他。

20

尸检花了8个多月的时间。报告显示他的身体状况非常完美。心脏、大脑和其他重要器官都很健康,并没有任何明显的损伤。除了他去世了这个事实之外,没有任何已知或可见的原因。

21

他去世了,我不再感到时间的变化。

22

我拨给我丈夫父母的那通电话被记录了下来。播放新的语音留言时,只听到我颤抖的、让他们靠边停车的声音。我这才意识到当时他们正在开车,手机无线连接着汽车的扬声器,通话内容被录音了,还发送给了我。我重听了一遍那段录音,先是我丈夫的父亲的尖叫,然后是我丈夫的母亲的尖叫。我听到我说对不起的声音。

录音后面的内容我听不下去了。不知为何我还是保存了这段录音。随后,我一一通知其他人:他的兄弟姐妹、挚友、老板以及我自己的老板。我也给我的密友发了短信。

我只发送了"他走了"这三个字。

后来,我意识到我这条信息的意思很隐晦,但那一刻,我确信这足以传达出他离世的消息。柯蒂斯死了。

23

婚礼结束后,他把我们的誓词裱好摆放在梳妆台上,还把我们收到的所有贺卡摆放在梳妆台上,甚至把我们的拍立得照片也放在贺卡周围。有时,我看到他坐在床上欣赏着自己的作品。其余的时间里,我看到他给自己的左手拍照,因为他的无名指上戴着从未摘下的婚戒。

"我喜欢当你丈夫的感觉。"他满足地告诉我说。

柯蒂斯去世那天,在我离开医院之前,我父亲递给了我一张纸巾。轻轻展开纸巾后,露出了柯蒂斯的婚戒。我很震撼父亲如此镇定。随后我把戒指套在左手的中指上,有些大了。此时,痛哭声哽在我的咽喉。我身体前倾,父亲抚摸着我的后背,泪水滴落在白色的瓷砖上。这是我第一次哭泣。

24

我25岁那年，遇到了我的治疗师RJ。他在一张黄色横线便笺纸上做记录。眼里充满了喜悦，笑起来很真诚，这起初让我感到惊讶，但随后又让我放松下来。

那时的我是个素食主义者，头发染成了金色，留得特别长，即便编成辫子也能垂至肚脐。我只穿黑色的衣服，因为我觉得我感受不到任何美好，坚信自己不讨人喜欢。这样的心态让我对爱情的渴望变得尤为痛苦。

"请帮助我学会去爱吧。"在我和RJ首次交谈时，我向他恳求。

"最近有没有遇到其他人呢？"他询问我。

"下周我有一次相亲，"我答道，"对方叫作柯蒂斯，一个以字母K开头的名字。"

柯蒂斯去世的那天，我给RJ发了一封邮件，告诉他发生了什么。他立即打电话过来。

"不要独自悲伤。"他这么说，是因为他了解我。

25

和父亲返回树林旁的小屋时，我选择留在屋外，试着踮着脚走到柯蒂斯被发现的那座桥上，但天气太热了。我依旧穿着那件粉色的运动衫，而外面很闷热。我跌倒在高大的常青树荫下，回想与柯蒂斯的对话，但说不出话来。热气在铺路石上翻涌着。我听到微弱的沙沙声，但在灌木丛中四处搜寻时，却一无所获。我的身体僵住了，感觉像是水泥做的。我在那坐了几个小时，却一点感觉也没有。

最后，还是我的好友布雷登（Brayden）找到了我。我们之间的深厚情谊已经持续了10年了。他的头发卷曲，颜色鲜艳，在阳光的照耀下闪烁着红光。由于疫情期间的规定，理发店关门了，所以他留长了头发。

在医院，我给布雷登发了信息，让他来接我。他到的时候，我发现他穿着白色T恤和棕色皮凉鞋。他刚洗完澡，浓密的头发还是湿漉漉的。由于度假小屋与卡尔加里相隔甚远，他开了好几个小时的车才到。我从地上站起来，抱住他的腰。

"现在我该怎么做呢？"我问道。

无论是我还是柯蒂斯，如果在不寻常的时间从床上起来，另一个人就会随之醒来。"别担心，"那时，我们会互相耳语，"只是去洗手间，没事的。"

26

我总是盯着柯蒂斯看。在他去世之前的日子里,他总能察觉到我晚上在凝视着他。我欣赏着他的样子:嘴角淡淡的瑕疵,眼角的皱纹,还有扁平而弹性十足的屁股。一看到我在看他,脸上浮起淡淡笑容的样子多么英俊,而这也打开了我的心扉。回忆起他的快乐既令人痛苦又那么真实,即使我们相伴多年,这股浓浓的爱意穿过身体时,依然令我猝不及防。

"他在这里,"我想,"给我的感觉一如初见,那么奇妙。"

"这可能不太符合女权主义的观点,"我曾对RJ说,"但当他爱着我的时候,我生活中的一切都好起来了。"

27

我和布雷登都受不了车内的音乐。于是变成他说话,我听着。

"再说说别的事吧。"每当他停下来,我总是这样催促说。

他严格遵守限速规定,双手搭在方向盘上,正好是钟表上十点钟和两点钟方向。父母比我们晚到一个小时,我担心如果我们三个人都坐在同一辆车上,心中的悲痛可能会让我们驶离主路。

在布雷登的公寓里,我埋在他的枕头里尖叫抽泣。有一次,他伸出手稳住我颤抖的肩膀。我被这动作吓了一跳。他的双手多么温暖啊,然后紧紧握住他的手。直到收到妈妈发来的短信,说他们回家了,我才松开。接下来的一年两个月里,我都住在父母家的客房里。至少有两个晚上,我和母亲同睡在一张床上。

28

    每逢星期天,我和柯蒂斯都穿着睡衣半躺在沙发上。一边吃着表皮涂满黄油、撒着粉盐和黑胡椒的厚皮酸面包,一边聊着活力、真理和遗憾等话题。有时,我沉醉在话题中,滔滔不绝地说个不停。而他则咧着嘴,静静地听着。

    "我知道,"当我终于深吸一口气时,我笑着自嘲道,"我说得太多了。"

    他摇摇头。

    "哪有,宝贝,"他微笑着说,"不存在的。"

    他总是喜欢变着法地叫我"宝贝",在遇到他之前,我从未听过这样的称呼。那句"哪有"里,带着一丝难以置信。

29

柯蒂斯去世后,我给一位名叫丽贝卡(Rebecca)的女性发了邮件。关于她,我了解的并不多,只知道两件事:一是我们曾就读于同一所大学;二是她的丈夫也离世了。

我是在社交媒体上首次得知丽贝卡失去爱人的消息的,那时柯蒂斯还在世。我关注的一个博主分享了丽贝卡丈夫讣告的链接。

"你听。"我对柯蒂斯说。

然后我们一起坐在沙发上。我大声读着讣告。

读完后,我心情沉重地说:"这就好像是你今年也去世一样。"我看着柯蒂斯,"他和你同岁,这感觉就像是你死了一样。"说出这句话时,我的心里充满了恐慌。

"不是这样的,"他轻声回应,眼泪夺眶而出,"我就在这里,我们就在这里,这不是我们的故事。"

时值3月,世界卫生组织宣布新冠肺炎成为流行病的前几天,我问柯蒂斯我是否应该联系丽贝卡,向她表示哀悼,但我们都不确定要不要这样做。我还是决定不联系她,因为我并不认识她，也不想冒昧打扰。那时的我还没有意识到，对于失去至亲之人的人来说，旁人的沉默只会比死亡更加令其孤立无援。

我打电话给RJ，告诉他我已经给丽贝卡发信息了，他听了后点点头。

"和另一位遗孀联系也许有用吧。"他轻声说。

"于事无补。"我冷冷地答道。

我们之所以进行这次谈话，是因为自从柯蒂斯去世后，他每天都给我打电话，而且还没收我一分钱。

30

"他可能还没来得及去想'我要昏倒了',"验尸官苏珊女士告诉我说,"也许他可能感到一阵眩晕,随后便失去了意识。"

她告诉我,根据他身上的伤痕状况,很明显,在身体撞到桥的那一刻,他就已经死亡了。

在他离世后的几天里,我允许加拿大皇家骑警记录下我的电话号码,他们将会把这个号码提供给那位最先在桥上发现柯蒂斯的年轻女士,正是她拨打了急救电话。

我告诉她:"几乎是一瞬间的事情。"

她担心自己发现柯蒂斯时他还活着。我们聊了一个多小时。

我安慰她:"你已经尽力了。"

这是她希望听到的,但同时也是事实。

我在网上看到有人说,在生命的最后关头,听觉往往是最后消失的。

这让我愿意相信,在柯蒂斯离世的那一刻,他还听到了水声,听到了河水在身下流淌的声音,即使现在他已经不在了,但那条河仍在流淌。

31

我告知布雷登,我在网上发起了一项名为"我身边的桥"的探索活动。他听后摇摇头。

"艾米,"他淡淡地说道,"城市里,再高的桥也不算高。"

话语间透出的黑色幽默,无须多言,我们彼此都心照不宣。布雷登,身为重症监护室里的护工,每天看着许多人躺在ICU的病房里,靠着呼吸机维持生命。而我,看着搜索引擎推荐的求助热线,却选择了视而不见。

通过网络,我了解到,一位年轻遗孀的姐姐每天清晨都会发短信让她以1到10分的标准评价自己的一天。10分,是对丈夫归来的幻想,而1分,则代表危险了。如果得分低于或等于3分,姐姐下班后便会去找她。

读到这,我开始自我检讨。多数情况下,我给自己的分数是4分,有时会想给自己打3分。

RJ对我说,给出这样的分数,虽然似乎是对生活的威胁,却对我们的生存来说至关重要。他强调，要是我有这种想法，必须敞开心扉。

"最好的做法是，"他说，"向你信赖的人倾诉吧，在他们面前哭出来吧，告诉他们你的痛苦。"

我想起了儿时的自己，总是害怕在人前落泪，害怕悲伤会将自己吞噬。

我明确地告诉他："我绝不会那样做。"

但他却温柔地回应："没有人能在孤立无援的情况下独自痊愈，你必须寻求帮助，一个人是无法渡过难关的。"

"我不想活下去。"我坦白道。

32

在日本的蜜月之旅中,我踏上日式旅馆的阶梯,来到屋顶露台,发现他正泡在一片热气氤氲的温泉之中。四周环绕着茂密的树木,静谧得只剩下我们的交谈声与不远处瀑布倾泻而下的水声。他朝我咧嘴而笑。蒸汽缭绕,给他的皮肤披上了一层朦胧的细纱。我又把他从头到尾打量了一遍,他那双棕色的大眼睛,他灵活而修长的手指,他浓密闪亮的头发……他的指甲还透着贝壳粉的光泽。此刻的他,身旁无一物相伴,没有书籍、没有音乐,也没有电话,唯有我们,与那流水和墨绿色的群山。

"这就是我们的生活,"他直直地盯着我说,额头的汗珠像王冠一样闪耀,"就是这样。"

你知道吗,我从未学会要如何收敛自己的爱意。

33

秋日的午后，我见到了丽贝卡。前一天，树叶还是翠绿的，而今它们随风飘落，在我脚下堆积成一片金黄。这便是自然的规律。

丽贝卡留着一头金红色的短发，我坐在她公寓的阳台上，一边小口饮茶，一边欣赏着她的发型。交谈间，我得知她仅年长我一岁。我告诉她，我深信，如果有灵魂一说，柯蒂斯定是不愿离去的。

我坚定地说："他绝不会悄悄离去，更不会舍得不在我身边。"

毕竟，他过去在浴室里待得稍久些，都会给我发来讯息。

我们谈起了这种对亲人的"死后牵挂"——这份我们对挚爱之人的眷恋之情。我们时常会想，他们是否会感到寒冷、饥饿，又或者他们晚餐该吃点什么。

我告诉丽贝卡，多数时候，夜幕降临，他下班归来时，我都会问他："你今天吃了吗？"

他瞪大了眼睛，只是笑一笑，就像一个被逮住的小孩。而我，则像我难过时那样呼唤着他的名字，但那只是做做样子。

"你必须吃东西。"我会提醒他。

他总说他知道，但在忙碌或压力之下时，他往往不会正常用餐。通常，我会在午餐时间给他发短信，确保他能按时吃饭。我发现自己常常在中午左右不自觉地拿起手机，然后才意识到，那些关怀的话语，再也无法送达他的耳畔。我问丽贝卡，如果我们所爱之人真的身处"来世"，那么，我们的呼唤，他们能否听到？

当然，我的问题没有明确的答案，也无从知晓。丽贝卡也有她自己的困惑，我们都有许多无法解答的问题。但至少，我们不需要向对方解释各自心中的痛苦，起码我们了解彼此的心事。

34

和柯蒂斯相亲后的一个月,我签下了第一份全职授课合同。从此,我开启了小学教师的职业生涯。三个月后,也就是1月,我开始攻读创意写作硕士学位。

我不停地工作,虽然这是我想要的工作,但也让我不堪重负,时常让我泪流满面。几乎每天晚上,他都为我准备晚餐,一直到我获得学位,并在教学岗位上游刃有余。他还会在我号啕大哭时,给我递上纸巾擤鼻子,并安慰我说:"宝宝,你不是那样的。"即使我依旧自我否定地回应:"我知道我是,我觉得自己疯了。"

在东京度蜜月时,天气比我们想象的要冷得多。爬至半山腰,我开始哭喊:"我好想去古巴啊!"而此时,其他游客与我们靠得很近。
"再往前走一点点。"他安慰我说。
我虽然想放弃了,但还是跟着他继续前行。
他鼓励我说:"再往前走一点点,就是这样,你可以的。"

当我沉浸在这份爱情中,这份爱情可以让我相信一切。

35

与丽贝卡相聚后,我并未回家,而是驱车前往市中心旁的一个广场。在停车场,我坐在车里独自啜泣。

柯蒂斯曾在此地工作过。我们刚开始约会时,他曾带我来过这,向我介绍了一个由众多垂直铝翼构筑的大型艺术装置——所有的银色刀片整齐排列着。每当疾驰的火车掠过广场边缘,这些翼片便会绽放出耀眼的光芒。我对这个设计情有独钟,但更令我沉醉的,是那些光影照映在他脸上的场景。他仿佛闪烁着我前所未见的光芒。

广场仍是原样,人们日复一日地穿行、驻足、观赏。他们每天都能领略到柯蒂斯设计的艺术之美——那是金属、木头和光影交织构成的景观。然而,这并没有像人们想象中的那样,会给我带来慰藉。

"它叫什么名字呢?"他第一次带我参观时,我好奇地问道。

"庆祝广场。"他回答说,"不过大家习惯叫它C广场。"

之后我们做了什么,又是如何离开的,我已记不清了。我唯一记得的是那时我坐在他的身边,一同等待着下一列火车的到来。

36

坟场和墓地有什么区别呢?

在我和家人参观我们最终为他选择的纪念碑地点时,我就在想这件事。我们穿梭于各个区域,评估其适宜性时,我对父亲抱怨道:"没有这些刺耳的噪声,会让人更容易去思考。"

尖锐的锯木声传来,没有间断,人也无法躲避。

"他们在雕刻墓碑。"父亲指着声源附近弯腰劳作的人们说。

"我的天!"我恍然大悟,不禁发出一声感叹。

我们彼此对视,我笑了笑,尽管笑声更像一声嘶哑的呻吟,这让我胸口疼痛。我紧紧按住已经疼痛多日的肋骨。

我想,可能是连日的哭泣拉伤了某些部位。

随后,我蹒跚着穿过了那些被精心打理的小山丘。此时,我的左腹股沟传来阵阵刺痛,大腿内侧也隐隐作痛。

"我的腿僵住了。"我抱怨说。

"看起来有点发红。"妈妈观察后说。

"是吗？"我疑惑地回应。

即便我们仔细查看，也未能确定疼痛的真正原因。

37

我和柯蒂斯之间并非总是充满欢乐，我们也曾有过一段特别艰难的时光。

我坦诚地说："你在脑中美化了我，你并不真正了解我。"

让我承认这一点很难，因为我知道他有多么爱我。然而，爱一个人，即便是以最宽容的方式，却依然无法真正了解他们。我试着告诉他这一点，试着告诉他，他眼中的我与我心中的自己之间存在着差异。多数时候，我想努力成为他理想中的伴侣，可我并非那样的女子。

我和他一起哭着。"你不知道我内心的痛苦。"我轻声说。

"我会学着去了解的。"他坚定地回应。

38

柯蒂斯去世后的两个月里,我开始在网上搜索"年轻遗孀"这一群体及其相关内容。某天下午,我看到了一篇关于丧偶与死亡率的元分析文章。文中的统计数据显示,在失去伴侣的第一年里,丧偶者的自杀风险是非丧偶者的2.5倍。这篇文章还指出,相较于已婚人士,丧偶者因脑部疾病、心脏病、癌症或车祸等种种原因离世的风险要高出22%。这些不幸看似偶然,实际并非如此。

研究特别指出了年轻遗孀在这一现象中的易感性,这里的"年轻"往往指的是四五十岁的人群。

而对于像我这样三十多岁的年轻遗孀而言,虽然同样面临着更高的死亡风险,但由于该年龄段丧偶现象相对少见,目前缺乏足够的数据来进行可量化分析。

这进一步说明了年轻丧偶实际上会使得个体生命处于更高风险之中,而这种丧偶带来的脆弱性,被称为丧偶效应。

39

参观完墓地后，身为医生的父亲检查了我的腿，我和母亲都认为我的腿泛红。我向他描述了疼痛的位置，大致在腹股沟周围。父亲坚持要和母亲一同将我送往医院急诊室，他怀疑我腿部血管中可能形成了血栓。

在医院里，父亲向护士提及他关于血栓的推测时，护士惊讶地挑起了眉毛，因为深静脉血栓（这是血栓的专业术语）的患者多为40岁以上。在等待医生诊治的期间，我用手摸着左小腿，感觉皮肤紧绷，肌肉肿胀。随后，我缓慢而平稳地在我的左大腿上打圈按摩。

我暗自思量，我不可能患上深静脉血栓。毕竟，我丈夫才去世10天，可我心想，不过10天而已。

40

我们开始一起参加心理治疗。他了解我的痛苦,有时,他能精准地指出我为什么会有某种感觉,甚至是看透我在假装喘不过气来。

"你怎么能这么懂我?"我笑着说。

他则因为这份发现的喜悦而开怀大笑。

某个偶然的机会,我听到他和好友们在电话里交谈,鼓励他们去寻求心理咨询。

"这将彻底改变你们的生活。"他坚定地说。

我听着,惊讶于他展现爱意的能力。这让他无惧变化,将一切视为理所当然,也原谅一切。

尽管他已离世,但我并非夸大其词,他的的确确就是那样的一个人。

41

柯蒂斯离世一个月后，RJ建议说，如果我不愿意向信赖之人敞开心门、倾诉心中的悲伤，那么可以将内心感受诉诸笔端，以文字的形式记录下来与他人分享。我并未拒绝写作这个提议，但我选择了不公开分享自己的想法。

"这或许对他人而言，难以承受。"我说道。

42

我们最后一次旅行是为了庆祝我们第一个结婚纪念日。11月的卡尔加里气温零下20摄氏度,雪花纷飞。每当我在这样寒冷的天气里走到外面,我的鼻毛冻得都粘在一起。

半夜,我们飞往百慕大。到达时,天气很暖和,周围一片漆黑,我们站在室外听着树蛙鸣叫。过了一会儿,我们把行李箱放进公寓里,然后出发。尽管天色已经很晚,但我们决心要看看大海。

百慕大的道路狭窄,既没有人行道也没有街灯,但他早已做好了准备。他在腰带上系了一个闪烁着红色光芒的安全灯,头戴着一盏蓝色头灯,而我则靠着手机上的地图导航指引方向。抵达海滩时,海浪声震耳欲聋,海水拂过我们的脚趾,泛起泡沫,海水的温度比想象的要温暖许多。凉鞋下面的沙子在缓缓流动,我们拿出飞机上发的椒盐脆饼投喂胖胖的棕色小鸟,它们跳到我们身边,目光灵敏地盯着我们。

最终，我们踏上归途，返回公寓。我们两人排成一列——他走在前面，用灯光照亮道路，我则紧随其后，为他指引着方向。

43

到了医院里,我被送去做超声检查。给我检查的是位女性,声音听上去很年轻而又舒缓。从左腹股沟到膝盖的位置,她都给我涂上了冷凝胶。传感器的塑料圆球按压在我的肌肉上时,房间里全是多普勒效应(Doppler effect)的咔嗒声。等到她触摸到我膝盖附近的皮肤时,我躲了一下,因为我从电动摩托车上摔下来造成的腿伤还未痊愈,膝盖摸起来特别疼。等她扫描完我的腿后,她告诉我说,她要检查我腹腔里的静脉——腹腔是身体里容纳肠子等器官的地方。我想知道为什么要这样做。

"血栓不是应该在我腿上吗?"我疑惑地问道。

"我只是想做得全面些。"

听起来似乎很寻常,但通常这意味着仪器屏幕上的某些东西引起了人们的注意,所以才说要全面检查。

我盯着空荡荡的天花板,想知道柯蒂斯什么时候会给我打电话,我有好多好多话想告诉他。

44

随时待命的急诊室医生告诉我,超声结果显示,在我左腿的股静脉发现了大血栓,腹腔静脉和肺部也有,他还问我近期是否有肋骨疼痛或呼吸困难的情况,我答道:"是的……但我以为是过于悲伤。是的……但我最近常常哭泣。"

"是的,是血栓的问题。"他告诉我说。

他建议我去做CT,以便医生能更准确地了解血栓向胸部扩散的程度,显然,我的病情应该很严重。

"之前做过CT吗?"技术员轻声询问。

我摇了摇头,她让我保持不动。随着扫描的开始,我觉得腹股沟有一股暖流,就像自己失禁了一样。

她安慰道:"别担心,这是错觉。"

天花板上,绘制着几个庞大而又难看的蝴蝶图案。

"不要相信这种感觉。"我在心中默念。

我盯着油漆斑驳的蝴蝶图案。那一刻,我感到柯蒂斯已经离我而去了。

45

在东京，我们探访了浅草寺及其周围的市场。过道里挤满了人，我和柯蒂斯不得不一前一后地走着。当我们找到一处可从木盒中抽取签文占卜运势的摊位时，便会各自抽取一支签。他的签文不太如意，便将其丢弃了；我的签文不错，我自然会留着。

整个旅行中，他抽到的签文都不怎么好，但我们并未过多在意。他将自己的签文扔进垃圾箱，而我，则将我那几乎半透明的签文纸条对折，然后塞进了他的口袋，让他保管着。

46

住院的日子里,我的脑海里有两个声音在激烈交锋。一个声音尖锐地呼喊着:"你危险啦!"它正指引着我如何求生。而另一个声音,自柯蒂斯离世后,则劝我放弃挣扎。

我暗自思量,仅仅过了10天,如果我此刻终结生命,还是能找到柯蒂斯的。他可能一直在等我。

让我特别担心的是,若真有"来世",柯蒂斯会在其中迷失方向,或许会感到困惑,甚至无法确定自己的方向。如果他没有时间准备,他会迷茫的。而我最不愿意见到的,便是他孤单一人。他常常向我倾诉,渴望我们能永远相伴。

在一个闷热的夏夜,我坐在名为"星光"(Starlite)的酒吧内,品尝着干姜水威士忌。我在舞池内给柯蒂斯发短信,要他过来与我共饮。回想起昨天夜里我们的第三次约会,也是我们第一次共同观看影片。当银幕上演职员表滚动时,他转头望向我,露出我从未见过的灿烂笑容,温柔地说道:"这真是太棒了!很高兴你能在我身边。"

在酒吧给柯蒂斯发消息时，时候不早了，我猜他应该已进入梦乡。不过，他还是全身上下摇摆着，跳着舞步进入酒吧。我们随着节奏摇摆，而头顶的高台上，穿着金色亮片迷你裙的歌舞表演者也在尽情扭动。随后，酒吧打烊了。

"今晚值得吗？"我问道，随着人流走向街道。

他拨开脸上的黑发。

他微笑着回答："哦，当然值得。"

47

照完CT后，我正式办理了住院手续。我左手手腕上戴着一个白色的身份手环。静脉输液袋挂在细杆上，滴滴药液注入我的体内。其中一袋是肝素（血液稀释剂）；另一袋则是TPA（组织型纤溶酶原激活剂）。血管外科医生向我解释说，这种药物就像导引液体的引流管，但适用于静脉。

"它是名副其实的溶栓剂。"他说。

医生强调，仅凭药物治疗远远不够，他希望我接受一种名为AngioJet（一种新型血栓抽吸装置）的血栓手术。

面对我的诸多疑问，他一一耐心解答。

是的，这个方案比较激进。

本质上来说，就是将一根导管插入我左腿的静脉血管，尽可能多抽取出血栓。

手术过程中我不会完全失去意识，而是会处于局部麻醉状态。要是我感觉头痛（中风）、胸痛（心脏病发作）或呼吸困难（肺萎陷），这样就能及时反馈。

医生强调,这项手术必须得到我的同意才能继续进行。

"如果你不同意。"他耸了耸肩说。

像我这样严重的血栓病情,死亡率相当高。

48

我决定采纳RJ让我写作的建议,因为我不知道还能做什么,无尽的悲伤笼罩着我。我告诉RJ,我每周都会写一封信给他,倾诉我的感受。同时,我也打算将这些信的内容公之于众,供大家阅读。我向他展示了我打算使用的网站。

我告诉他,这就像一份电子通信。

我解释说,如果人们想要阅读这些信件,随时可以看。这样,他们在阅读时就不会感到有义务来分担我沉重的悲伤。

"你确定吗?"RJ小心地问我。

他担心我这个注重隐私的人,可能会对公开个人情感的做法感到纠结和不安。

"不,"我答道,"其实我也不确定。"

49

我同意接受AngioJet血栓手术,因为对于来世,我持保留态度,更不希望自己离世后,父母会面临柯蒂斯父母同样的处境。

在血栓手术之前,我要先接受新冠病毒的鼻腔检测。在这之后,护士把导尿管展示在我面前。我望着塑料袋中那根细长的黄色管子。"没那么糟糕。"妈妈察觉到我的紧张,轻声安慰道。
"你的尿道很好找呢!"导管插入后,护士惊叹道。
我喜欢她的快乐,但我找不到自己的快乐。

在我的坚持下,他为自己购买了面部护理产品。第一次去角质和润肤时,他表现得好像是他发明了护肤品一样,不断地转动着脸庞,让光线映照在脸上,随后问我,他的脸是否在闪闪发光。
"我感觉自己容光焕发。"他兴奋地说。

他总是能朝着快乐的方向前行。没有他,我无法确定我的方向在哪,是否能回到原点。

50

在放射科进行AngioJet手术的房间里,我望着天花板,呼吸面罩里面呼出暖暖的气体。一股莫名的恐惧涌上心头,尽管我自己也说不清究竟在害怕什么。

一位满头浅金发的女士告诉我,他们即将为我注射镇静剂。她说,我很快就会昏昏欲睡,但不会完全失去意识。同时,肝素和TPA这两种药物陆续注入我体内。后来我得知,这样联合用药的情况实属罕见,这恰恰反映了我病情之严重。当护士再次来检查我的情况时,我丝毫没有睡意。

"我觉得我需要注射更大剂量的镇静剂。"我主动提出建议。

在等待药物起效的间隙,我想知道柯蒂斯是否已经吃过饭。但我随即不得不提醒自己,他不再是一个需要维持生命的活人了。我疲惫了,厌倦了对他的无休止的思念,这些思念如今已变得毫无意义。然后,我的左腿膝盖上方传来撕裂般的灼热感。

"这就是AngioJet吗?"我迷迷糊糊地问道。

从某个地方传来回答:"是的,这就是AngioJet。"

51

赛琳娜（Selene）是我的一位好友，她每天上午11点写作。当我向她透露自己将开始写信抒发内心的悲伤时，她提议说，我们可以每天上午视频通话，同时工作，这样我就不必孤身一人了。

多数时间里，我们并不说话。赛琳娜扎起她的黑发，点燃蜡烛。有时，她会转动电脑屏幕，让我看到她窗外棕榈科植物正在吐露新叶。

每当我无法掩饰自己在哭泣，抽泣的声音被麦克风放大，赛琳娜会问我是否想谈谈。如果我愿意，她不会打断我，只是坐在电话的另一端陪着我，让我释放内心的痛苦。

52

有时候，我和柯蒂斯会争论到深夜，直到找到解决办法。那时，可供我们选择的外卖仅限快餐鸡肉条和比萨，这成了我们争论的内容——我更偏爱鸡肉条，而他则钟情于比萨。但无论最终决定吃什么，我们都会一起熬夜享用，享受争吵过后那种未经修饰的温柔时光。

手术结束后，我被送进了重症监护室，仰面平躺，动弹不得。整整24个小时我都得保持这个姿势，以便抗凝剂能够深入血管造影无法清除的血栓区域。每个小时，护士都会叫醒我进行生命体征监测和抽血检查，以监测我体内的药物浓度。她们还会使用手持式多普勒流量计来听我双脚的脉搏，询问我是否有头痛、胸痛的症状，并用手电筒检查我的瞳孔状态。而在这段时间里，我频繁地呕吐，胃酸大量涌出，那带着刺鼻气味的液体几乎浸透了我的病号服。

在重症监护室躺了12小时后，我背部肌肉开始隐隐作痛，由于仍被禁止移动，这种疼痛难以忍受。

24小时后，血管外科医生前来探望。他告知我，抗凝剂已发挥效用，但……

我的头从病房的枕头上抬了起来。

但……

他建议我最好再次进行AngioJet手术。原来，我胸部上方的下腔静脉血栓并未如他预期般溶解。

"不，"我拒绝道，"这太痛苦了，我太累了。"

医生说从长远来看，这样做会更好。

"我丈夫32岁就去世了，"我轻声说，"请不要跟我提'长远'。"

我和柯蒂斯之间会进行漫长的争吵，似乎永无止境。那时，我曾以为那是我经历过的最糟糕的事情。

53

柯蒂斯喝醉了。我们正在婚礼现场,如今已是清晨时分。除了二三十岁的年轻人,其他宾客都已回家。炸鸡和春卷等夜宵也已送达。我和柯蒂斯坐在长桌的一端,他的朋友们也都围坐在一起,觥筹交错。

在桌子的那一头,柯蒂斯的一个朋友解开了衬衫,拿着两根炸鸡腿在他裸露的胸膛上磨蹭。

"大家都说这样是不对的,"他含糊不清地说,"但感觉真的很棒诶!"

闻言,柯蒂斯笑得差点栽倒在我身上,那朋友胸前的油脂在灯光下泛着油光。柯蒂斯似乎也想加入这个"鸡腿活动"。我提醒他:"现在该喝点水了。"

我说:"如果你现在不喝水,不然今晚怕是要吐个不停。"

他说自己从不吐,但那不过是我们都心知肚明的醉话。

我搀扶着他走向吧台时,他向我保证说会喝水。随后,他点了四杯兑了水的伏特加,呈上来时摆放在棕色的圆盘上。

"别这样。"我劝阻道。

他盯着我看,我尽力不让自己笑出声。在持续的对视中,他端起第一杯,一饮而尽。我忍不住笑了,他的举动实在让人忍俊不禁。

"真爽快!"他说道。

在我摇头表示无奈时,他竟然还敢挤眉弄眼。

54

第二次接受AngioJet手术后,一位身穿鸭子图案工作服的护士问我:"想看看你的血栓吗?"

我在病床上微微坐直身子。随后,她向我展示了一个密封严实的大玻璃罐子。罐中的液体清澈透亮,表面漂浮着一张红色细丝织成的网,上面挂着大小不一的暗红色血栓,就像奇怪的肉质珍珠,这些血栓竟比我预想中的要小得多。

55

殡仪馆内，馆长正在为我解读文件的内容，那一摞文件堆得极高。我反反复复地在文件上签名，但对里面的内容我仍旧一知半解。馆长还提到了联邦政府。他向我递来一支笔，特意强调笔是处理过的，很干净。这是全球流行病毒肆虐时处理死亡事件的又一件怪事。我一遍又一遍地签着字，虽然不明白自己同意了什么，但既然有父母在身旁支持我，我也就签了字。

签完文件后，馆长就领着我们穿过走廊。随即推开一扇深色木门，房间里摆满了棺木，角落处还摆放着骨灰坛。

"不要。"我说道，但声音太低，谁也没听见。

家人在房间中来回踱步，挑选着合适的棺木。可我无法理解这一切，既然决定火化尸体，为何还会需要棺木呢？父母解释说，棺木会随着尸体一起烧掉。母亲还问我想在骨灰坛上刻什么。我感到一阵眩晕，不得不倚靠在门边的墙上。一切都让我心力交瘁。

56

源源不断的鲜花朝我涌来。

父母家中餐厅的桌子上,已然摆满了各种各样的花束。我卧在沙发上,目光直直地盯着这些花,足足看了好几个小时。

柯蒂斯也常给我送花。有一次,门口放着一大束白玫瑰,能看出费了一番心思,只为庆祝我即将完成硕士学业。一打开门,我就看到了这些花,花瓣厚实饱满、触感柔软,如同娇嫩的肌肤。

"真是不可思议!"我感叹道。

象牙白色的丝带将白玫瑰牢牢地系成一捧美丽的花束。

"我想你会喜欢它们的。"他轻声说道。

我抽出了插在花束上的卡片。

"恭喜,"我大声念出卡片上的文字,"爱你的爸爸妈妈。"

我抬起头来,发现柯蒂斯的脸颊上罕见地泛起了红晕。

"天呐!"他惊讶地喊道。

"你刚刚是不是把不属于自己的花据为己有了,嗯?"我戏谑道。

我笑得直不起腰,不得不把花瓶放在地毯上。

"太尴尬了,"他苦笑着,"千万别让这事传到你父母耳朵里。"

柯蒂斯的白玫瑰也送到了,比我父母送的花束看起来小很多,他于是趴在地毯上,夸张地叹气。

57

前往殡仪馆的那天，我决定独自进入告别室面对柯蒂斯的遗体。几天前我才出院，身体虚弱，需要助行架的支撑才能走动。推开红木门，我踉跄地走进房间，却发现棺木离门口的距离比我想象得要更远。我只能在远处辨认出他那微微蓬松的头发。一阵恐惧袭来，我动弹不得，也说不了话。我害怕，要是我真的动了，或是说了什么，他会醒过来。他也会害怕——被困在棺木里，渐渐恢复意识。我该如何解释这一切？

在离棺木大约10英尺的地方，我放了一张椅子。坐下后，我能看到他鼻子和脸颊的轮廓，以及那双交叠在腹部的苍白的手。我把椅子挪近一点，同时轻声呼唤他的名字，但声音却显得如此微弱。没有回应时，我加大了音量，几乎是在呼喊他的名字。他一动不动。我再次将椅子拉近。那时我与他之间的距离可能只有两三英尺。我告诉他，现在该回来了；告诉他说我需要得到他的回应；告诉他，要是没有他，我什么也做不了。他还是一动不动，于是，我站起身，拉近了与他那最后一点的距离。

他的衣服看起来有些走样，我这才意识到他的身体已经肿胀，昔日为他量身定制的婚礼夹克也不再合身。随后，我看了看他的头发。那些为他精心打理以出席观礼的殡仪师把他的发型做得很完美，与他生前的发型分毫不差。当我伸出手，心中却涌起一阵恐慌：万一，这不再是他原有的头发，又该怎么办？

手指落在了他的头发上，那一刻，恐惧便烟消云散了。他的头发依旧柔顺而浓密。可他的甲床是蓝色的，完全不自然。这次，他的双眼紧闭，面容似乎比记忆中的任何时刻都要苍老几分。他耳朵后方的那块小凸起，和生前一模一样。

"你是如此美丽。"我情不自禁地低语。

58

我们去了弗拉门戈艺术节（Flamenco Fest），现场人头攒动。吉他手的演奏称不上精湛，声音嘈杂、此起彼伏，现场还充斥着那些价格不菲的食物的气味。我想马上离开，不过，考虑到他总是深信事情会好转，我们最终选择留下。

艺术节上，他告诉我说，他申请了建筑学院的工作，并进了候补名单。他并未满足于观望，而是致电教务主任，寻求改进申请书的建议。教务主任只是让他联系了该项目的几位教授，但他们从未回复他的邮件。所以，他一直打电话给教务主任。他告诉我他打了很多电话，最终，这个项目接受了他的申请。

"你的毅力真让我佩服。"我钦佩地说道。

他一边笑着一边告诉我这一切，还随着音乐摆动着脑袋。

59

"你还好吗?"

他们一直在问我。朋友、熟人、陌生人,他们都这样对我说。

"你在忙些什么?"

我不知道该怎么回复。
"他走了。"我轻轻地说。
他们退缩了。
接着,他们会说:"是的,他离开了。"

我不再回答。

"哦,你知道的,"我低声说。

"我在做自己该做的事。"我答道。

60

抚过他的发丝后，我摸了摸他的肩膀，却发现它已变得僵硬了。这与记忆中的那份温暖和柔软截然不同，我迅速缩回了手，不再触碰那个部位。他额头中央的划痕被完美地遮盖了，若非我刻意寻找，几乎难以觉察。

房间外传来了刺耳的音乐，显然是有人打开了扬声器。父母在门外等我，我给他们发短信说："我腿伤还没好，不能开车，而且还在吃药。"虽然我想与柯蒂斯独处，但感激有父母陪伴在侧。我让他们看看能不能把音乐关掉。不久，房间重新回归宁静。

我向柯蒂斯诉说了我一直想要与他分享的事情。我并没有提到我住院的事情，也没有解释带着助行架的原因，不想让他为我担心。倾诉完后，我看了看手机，发现我们待在一起已超过45分钟了。我不知道要怎么离开。我们之间，从未说过"再见"二字，只有他说的"稍后见"和我的一句"注意安全，爱你"。

我展开拳头时，发现我掌心里有几片湿了的纸巾，我竟不知何时将它们握在了手中,更不记得是否使用过它们。但这些湿漉漉的白色团块,它们就这样出现在我手中。

我站起身来,但喉咙却像被什么堵住了一般,说不出话来。于是,我摇晃着身体。在感到陌生、饥饿或是只是为了好玩时,我便会如此。真的只是因为柯蒂斯喜欢这样,我才会在家里和他这样一起跳舞。他跳得歪歪扭扭,傻乎乎的,随性自由。他无论在做饭时、争吵时,或单纯想跳舞,就跳了起来。而我,也总是被他的动作、被他纯粹的快乐所吸引。

我跳着舞,一步步向后退,目光始终落在他身上,直到门关上,就以这样的方式离开他。而我的手,则紧紧抓住助行架,这样我才不会摔倒。

61

弗拉门戈艺术节上,我们相谈甚欢,然而音乐并没那么好听。在我们返回停车场的途中,他坚持说音乐也不是那么糟糕。走过几个街区后,音乐节上所有的声音都消失在耳畔。当我们走到了一个布满砾石的停车场中央,这时,柯蒂斯倾身望向我,随后伸出手,邀请我跳舞。

"没有音乐伴奏了。"我轻声提醒。

"没关系,我还能听到。"他并不认同我的说法。

我将手放入他的掌心,他抱着我转了个圈。我听不到他说的那些音乐,但没关系,因为有他在我身边。

62

"我无法想象你正经历着什么?"他们都这样说,"我想象不出。"

"真的吗?"我暗自思忖,"你们想象不到吗?"
你们从未痛苦过吗?
你们从未有过失去挚爱之物,再也无法找回的绝望?
你们真的束手无策吗?
你们连尝试的勇气都没有吗?

当然,我只是点了点头。

"是的,"我说,"这很难熬。"

63

他火化的那天，我径直走向他的棺木，摸了摸他，恳求他能站起来吓我一跳。他在家中总爱挥舞着双手从门后跳出来，想吓我一跳，而我从没被吓到过。

"总有一天，我会吓你一跳的。"他常这样说。

自他离世以来，这是我第三次见到他的遗体。棺木密封严实后，正当我步入电梯，准备下楼前往火葬场之前，一位女士轻描淡写地提醒我，这里是火化的地方。电梯门打开，映入眼帘的是一个没有窗户的混凝土房间，中间摆放着一个巨大的火化炉。

随着金属卷门缓缓卷起，我看得到室内石板的轮廓。棺木放置在平台上，缓缓上升，直至隐没于黑暗之中。金属门落下并上锁了。那位女士询问我是否要按下按钮。绿色的按钮巨大而显眼，贴在房间的侧面，上面印着白色的"开始"字样。我朝按钮走去，这将是我与他走过的最后一段旅程。火化开始，整个房间充斥着轰鸣声，它不仅回荡在耳边，更震撼着我的心灵，直至身体的每一个角落。

64

"很难听清吧。"他们感慨道。

"太沉重了。"

"我一下子无法理解,这让我太难过了,我需要休息休息。"

我只是在向他们叙述所发生的一切,分享我的近况,以及他离世的消息。一位多年老友叹息道:"我必须守护好我的光,如果事情发生所带来的伤痛如你倾诉的这般令人揪心,我势必无法忍受。"

65

他发现我坐在卧室衣柜里哭泣。我赤裸着身体,坐在那些挂起的裙子下方,双膝抵胸。我们已经约会几个月了,理应同他的朋友出去玩,可我找不到合适的衣服。

"我穿什么都不好看。"我沮丧地说。

他告诉我说,我穿什么都不重要,我一直都很漂亮。他伸出手,说要把我拉起来,随后擦掉了挂在脸上的泪珠。

"不准告诉别人。"我要求道,因为一句"我需要你"让我难以启齿,尽管胸口下那颗不停跳动的心脏好像一直在说:"我需要你,我需要你,我需要你。"

66

"你应该尽早回归教学岗位,这会对你有好处,"他们如此劝我说,"会有用的。"

我思量了教学工作的种种琐事:备课、评估、报告、互动,还有其他的事,又想到自己被提醒要洗澡、刷牙、按时吃饭、与人交流。

他们还补充道:"日常的工作能帮你转移注意力。"

他们虽未直言,但我能感受到他们觉得我正沉溺在悲伤中。

我默不作声,我的痛苦如此深重,以至于连一丝笑容都挤不出来,无论如何都难以缓解。

67

过去的几个月里,每天清晨,我都需服下一剂血液稀释剂,再干咽下一粒安定片。我依赖助行架,蹒跚地来到父母客房内的浴室。在那里,我盯着镜子里的自己,说道:"你之所以在这里,是因为你的丈夫已经离世。他,再也不会回来了。"

在他追悼会的那天早晨,我补充了一句:"你该说什么就说什么。"

柯蒂斯总爱听我向别人提起他的事,会问我会说什么内容,又会如何措辞。在我复述原话时,他总是笑得合不拢。这,便是我在追悼会上决定发言的原因。

"他会希望你做出对自己最好的选择。"RJ安慰我说。

RJ担心我的发言。首先,因为我接受了两次AngioJet手术,双腿虚弱无力,所以如果没有了助行架的支撑,我几乎连两分钟都站不住。其次,RJ深知这对我而言是情感上的巨大挑战。

"我不能哭,"我暗自告诫自己,"一旦哭了,我就说不出话了。"

成年之后，要是我觉得自己将在公众场合哭出来的话，我会紧握双拳，脑海里浮出自己正站在一个灰色的、空荡荡的房间里，四周环绕着金属门的画面，想象着自己正在将门一一锁起。倘若这样做不奏效，我便会用尽最大的力气拧住自己大腿内侧的皮肤。

我与柯蒂斯一同度过了人生中绝大多数的落泪时光，也是他让我敞开心扉。

他轻轻地说："我喜欢把自己当作靠近你的心。"

"你当然是，"我回应道，"是你让我们变得柔软、温情。"

68

我的奶奶孀居了大半辈子,尽管在自己也成为遗孀之前,我从未真正仔细思考过这件事。她未曾再嫁。

我和柯蒂斯同居一年后,她来看望过我们。那时,她的头发梳得很漂亮,黑白灰交错的卷发令人赏心悦目。我们带她参观了公寓里新粉刷的墙壁和家具。

然而,当我失去丈夫时,奶奶已经离开了这个世界。后来,我才得知,她的母亲也孀居了大半辈子。我仿佛能看到我们三代女性以遗孀的身份排成一行,继承着命运中那份遗赠。

"你会不会担心钢琴会落在你新伴侣的头上呢?"
在向一位女士讲述我家族里的孀居史之后,她这样问我说。之前我们互不认识,后来在一次艺术开幕式上,在一个共同朋友的介绍下我们才认识彼此。她也刚经历了丧亲之痛,正因如此,我才把我丈夫离世的事告诉她。但这句话,我不知道她是不是在说玩笑话,也不知道她是否知道自己在说什么。

69

他总是想知道我在想什么,也总是在问我问题。

"你过得好吗?"
"你教些什么内容呢?"
"你累吗?"
"想要我下厨做饭吗?"
"今晚点比萨吗?"
"你还要加条毛毯吗?"

此外,还有一些更为深刻的问题。

"你是如何看待我的职业的?"
"我该如何爱自己?"
"你觉得我们老了以后,还会有这么多乐趣吗?"

在追悼会上,我坐得比以前更直了。身体绷紧,背部和脊椎都没有碰到椅子。我没掉一滴泪,我不允许自己哭,我让自己想说什么就说什么。

一周后，我因偏头痛而苦恼。悲伤冲破了我所有的防线。为了在仪式上发言，我把所有悲痛深埋心底，憋得厉害。

77

很久以前的一个11月的清晨,阳光明媚,我洗了个澡。随后扎起湿漉漉的头发,用一条灰色的毛巾裹着身体,走出浴室,我本能地向右看了看前面的窗户。

发现一名男性的脸庞紧贴着玻璃。他站在阴影中,我无法看清他脸部的细节,只能看到他头部、肩膀还有身体的轮廓。我大声叫着柯蒂斯的名字,但无人应答。窗边的男人招呼我走近些。我眯起眼睛,想看得更清楚。水顺着我的腿流下来,在地毯上聚成一滩。我认出了那深色墨镜、羊毛夹克以及条纹围巾。

"柯蒂斯?"我半信半疑地呼唤。

原来,在我洗澡的时候,他在某个地方放置了扬声器,此时音乐开始播放。

我从没未想过自己会步入婚礼的殿堂,因此对于求婚的场景,心中并无具体的想法。然而,我从未预料到自己会哭。

第二首歌的旋律响起时,我开始抽泣,声音响亮而又沙哑,还带着几分疯狂。

柯蒂斯站在窗外，手里拿着一沓卡片。他用又黑又粗的记号笔，在卡片上写了一封情书。隔着玻璃，只见他换了一张卡片，又露出后面的另一张，一张接着一张。

突然，裹在我身上的毛巾掉了下来，头发也从临时扎起的发结中散落开来。但柯蒂斯并没有因此停顿。展示完所有的卡片后，他朝着正门做了个手势。我打开门，光线涌入房间，只见他跪在外边的雪地里向我求婚。

这是我一生中少有的，也许是独一无二的幸福瞬间。我清晰地感受到了快乐和兴奋。这种情感如此强烈，让我完全沉浸其中，忘却了自我，忘却了周遭的一切。

71

追悼会结束后,我蹒跚地向出口走去,双手颤抖着。门外,我注意到建筑物旁延伸抬高花坛的混凝土台阶上,坐着一个身影。那灰色的西装外套与浓密的深红色卷发让我立刻认出了是布雷登。他拥我入怀,我靠在他的肩膀上哭泣。

"你做得很好,"他温柔地重复着,"你做得很好。"

他人给予我们的一切,只有在拥有后,我们才知道自己需要它们。

72

"你们有没有单独的人寿保险呢?"

我问了朋友们这个问题,不论亲疏,也不顾我们之间的关系如何。当他们回答"没有"时,我告诉他们,我们本来想买的,但决定等搬到温哥华再买,总觉得还有时间。我告诉他们死亡有多么"昂贵"。

见他们并未拿出手机记下这些时,我告诉他们:"生活支离破碎时,金钱虽俗,却很有帮助,一切都是如此。"

紧接着,我又问:"你们立了遗嘱吗?"

我和柯蒂斯也一直拖着没有起草遗嘱。朋友们纷纷摇头时,我趁机告诉他们,聘请律师费用不菲,登记遗嘱费用更实惠,两者都可以。他们虽点头应和,但我知道他们并没有真正听进去。

我解释道:"这些保单和遗嘱,并不是为了逝者而准备的。"

我试图提醒他们,但他们在看时间,确保自己不会迟到,因为在别处,有人正等着他们回去。显然,他们并未想过我正考虑的这些事情。

73

在柯蒂斯离世一年多后，某天，我在机场候机。为了不想失去登机口的那个座位，我没买零食也没买矿泉水。机场人头攒动，座位有限。因为疫情的缘故，柯蒂斯离世后我很少出现在公众场合。当然，这里到处都是人，他却不在其中。

我准备飞往洛杉矶拜访赛琳娜。柯蒂斯还在世时，我没有见过她本人。一个月前，她邀请我去她那里住，想知道我是否想在一周年纪念日之际离开这个城市。在和她的通话中，我订了机票。

我孤身一人，在机场里沉默不语。我在哭，其他人也在哭。一位女士睁大她的绿眼睛，一直在哭着。

我低头审视自己的装扮：黑色的N95口罩，搭配着黑色慢跑裤和黑色运动衫，脚上则是那双他出事当天我穿过的白色运动鞋。

"不！"我大声喊道。

我摇摇头,不想再陷入回忆之中。哭泣已经够痛苦了。我转而环顾四周,在心里把人们吃的零食分分类:硬币巧克力、奶酪泡芙、培根片、生菜、爆米花。

那是他的最爱——

不。

不,不,不要。

74

一天清晨，父母去工作了。我跪在客厅的硬木地板上，那里，柯蒂斯的骨灰盒被安放在沙发旁的小桌上。我恳求他能回到我身边，声音几欲失控，化作尖叫。

我的眼皮肿得几乎粘在一起，嗓子也哭得沙哑不堪。直到我看手机时才发现，自己竟然在地板上哭了好几个小时。泪水中的盐分在下颌凝结，形成一层厚厚的白色结晶。我用纸巾擦洗那苍白的皮肤，直到感觉到灼烧。

RJ告诉我，我必须敞开心扉，去面对初期出现的这种剧烈的伤痛，哪怕只是每周进步一点点。如果心扉始终紧闭，终将完全封闭，而我的身体也会习惯这份痛苦，习惯那份负担。

"你太年轻了，"RJ劝我说，"不要让这份伤痛伴随你一生。"

我心想：我的一生？那么，他的一生呢？

75

米歇尔（Michelle）是我接触的第一位专门从事悲伤辅导的心理咨询师，她是省政府资助项目的一员，该项目旨在为直系亲属死亡的人提供帮助，处理复杂的悲伤反应。

且在全加拿大范围内，这是同类项目中唯一向公众开放的项目。

大概是柯蒂斯离世的两个半月后，我开始在网上接触到这个项目。因疫情的缘故，我们并没有面对面见过。在视频聊天中，米歇尔轻声慢语地说着话，我看不清她的发型。她告诉我，悲伤在前6个月会让身体进入一种"战斗或逃跑"的状态，皮质醇充斥整个大脑，大脑从而进入基本的保护状态。此时，负责认知（例如，情感表达、问题解决、记忆、注意力、计划、判断以及交流）的前额叶平静下来。此处的血液被抽走，并被输送到大脑中控制基本生存的部分。她一边说着，一边与我共享着屏幕上的幻灯片内容。

我点头附和。我发现悲伤严重影响了我的注意力，我将其称为"悲伤的大脑"。米歇尔询问我是否感到愤怒。

"没有，"我答道，"就是很伤心。"

她说，过了6个月后，"战斗或逃跑"的状态会开始减少，而我将会开始体验到更丰富的情感。

"一般来说，在第六个月到第九个月，情绪会变得更加强烈和多样化。这会让这几个月比其他时候感觉更糟糕。"她补充道。

"更糟糕？"我惊讶地重复，"不，我忍受不了！"

柯蒂斯的一个大学朋友告诉我说，在柯蒂斯死后的那个星期，我们曾打电话聊了一个多小时。

"我们打过电话？"我反问道，因为我不记得了。

"没关系，"他说，"挂断电话后，我妻子问我你的情况，我说你的声音听起来很奇怪，就像是在水中游泳，而周围并没有水。"

76

住院治疗深静脉血栓和肺栓塞时，我又被诊断出患有另外一种疾病——髂静脉压迫综合征（May-Thurner Syndrome），即我的左髂总静脉受到右髂总动脉的挤压。血管外科医生告诉我说，这种挤压是我体内血栓形成的更早源头，远早于腿部及肺部血栓形成的时间。事实上，由于髂静脉压迫综合征，血栓在我体内已经形成很久了，周围甚至长出了代偿静脉网。

医生提示我，当务之急就是清除腿部新形成的那个血栓，但长远来看，我可能需要在受挤压的部位，即旧血栓所在的位置植入静脉支架。他想观察我的病情，同时也提醒我，如果我有怀孕的打算，髂静脉压迫综合征将使我被划分为高危孕妇。听到这里，我笑了。可医生并未笑。

克里斯托弗（Christopher）是柯蒂斯的老朋友，他给我看了一副他买来装饰万圣节的塑料骨架。

我们坐在他屋前的台阶上，那副骨架也呈坐姿摆放着在台阶上。

柯蒂斯在世时，我和克里斯托弗从未有过多少真正相处的时光。我建议把这具骷髅命名为柯蒂斯，不过这让克里斯托弗感到不适。

"这太沉重了，"他低声说，"我们还没准备好。"

我出声道歉。转眼，柯蒂斯已离世两个月了，这严重影响了我的生活能力。我不明白，为什么这象征死亡的装饰品竟然会轻易地成为我们之间的阻碍，但我又不能提真正的死亡，提及柯蒂斯的离去。

我已经变成了一个连自己都不理解，别人也难以理解的人了，我已经不知道该怎么做了。

77

米歇尔给我发了一封邮件,里面整理了关于悲伤的资料。开始读时,我了解到悲伤的真实面貌与人们的普遍认知之间的差异。

资料指出,人们常常将悲伤视为一个可预见的、遵循自然循环的过程,而接受失去是这一循环的终点。显然,普遍观念认为,"正常的"急性悲伤会在4~6个月后开始减轻。

我的悲伤,以及许多其他人的悲伤,都超过这个时间范围,被归类为"复杂"或"长期"的悲伤。邮件强调说,虽然我的情况不同于其他人,但这些术语并不意味着持续多年的急性悲伤就是异常的。

78

鉴于我接受了AngioJet手术,并患有髂静脉压迫综合征,加之内心的悲伤,我预约了多位医生进行治疗,可我记不住时间。有一次,我11点30分就到了家庭医生的办公室,却被告知我预约的是下午1点30分。由于我目前还不能驾车,只能让妈妈开车送我。而且让我担心的是,我无法记住医生所说的任何话。

医生为我开了一些新药,旨在改善睡眠、缓解恐慌,以及减轻疼痛。然而,服用安眠药后,我的嘴里全是铜锈味,无论我喝什么,都像是在咀嚼铜币。在另一次复诊中,当医生询问我正在服用哪些药物时,我却记不起药品的名称。幸好妈妈从包里拿出了一张打印好的药物清单,而我则默默地盯着医生。开口说话时,我发现自己的声音变得缓慢、沉重、迟钝,与我所听到的声音截然不同。

"你需要有点盼头。"RJ曾劝我说。

"是什么呢?"我反问道,"死亡?"

他耸耸肩。我却笑了,可并不真心。我告诉他,自己一直在寻找一块安息之地,我找到了一座名为"无名"的山和一片叫作"失望"的湖。

"在哪里找到的?"他好奇地问。

"谷歌地图上。"我答道。

我告诉他,失去带来的痛苦冲刷掉了一切,我可能已经陷入了"失望"之湖。可他还是没笑。

"他怎么可以离开呢?"我问道。

"不知道。"他眼中闪过泪光,轻声答道。

我咬着舌头,直到尝到鲜血的味道,然后直接将纸巾塞进嘴里。

79

再一次咨询米歇尔时,她告诉我,急性悲伤通常会在一年左右加剧,有时也可能在3~5年内加剧。

"5年?"我吃惊地问道。

我紧紧抓住父母绿色沙发的包边,指甲的一部分因用力过猛而弯曲。自他离世以来,这5个月对我来说相当煎熬。

"悲伤是一段漫长的旅程。"米歇尔干脆地说道。

她的头像出现在我的笔记本电脑屏幕上的一个矩形窗口里。

我听到她提到悲伤正在影响身体,强调需要尊重身体的休息需求,可我正思绪飘忽。

我心想,让我这样坚持5年,我做不到。

同时,我也讨厌米歇尔的发型。

我数着日子,算着还要多少天我才会和柯蒂斯去世时的年龄一样大。我原以为那会是很久以后的事情,但我算着日子时发现,那一天正好是我父亲的生日。

所以，我想，也许不需要很久。

当到了那一天，到了我和他同龄的那一天，我意识到我错了，原来父亲的生日在前一天。

80

正如我向RJ说过的那样,我每周都会坐下来写信,抒发我的悲伤。我会将那条做过手术的腿搭在枕头上,随后翻开笔记本。我从未觉得有任何言语能够表达我的感受,可不知为何,每次当我开始打字时,思绪就会涌现。

81

　　我需要将他的支票账户变更为遗产账户,并已准备了所有文件:死亡证明书、遗产管理书、他的银行信息以及我的驾照。遗产管理书是在没有遗嘱的情况下,人们去世后的必备文件。我必须拨打银行电话预约办理相关手续。电话中,一位男士核实了我提供的所有信息后,然后轻声说道:"我才注意到他的年龄,真是太年轻了。"他询问了我是什么情况。

　　我深深地吸了一口气。

　　"我不知道,"我答道,"他的心脏停止了跳动。"

　　"不是疫情的缘故?"男士问道。

　　"不,"我答道,"与疫情无关。"

　　到了银行办理预约业务时,协助我的女士说:"对你亲人的离世,我深表遗憾。"

　　我点点头。她接着问道:"能不能知道他去世的原因?"

　　"我不知道,"我说。"他的心脏停止了跳动。"

　　她同样问起是不是与新冠肺炎有关。

　　"不是,"我强调说,"与疫情无关。"

　　她要求查看遗产管理书,我便从我们之间透明塑料隔板上的凹槽将信函递过去。

"好的，"她说，"这是我们的业务要求。"

一阵恐慌袭来，戴着口罩的我几乎无法呼吸。我一直在想，我为什么在这里，这不是我熟悉的银行。

我忘了有几个早晨。我会在不安中醒来，感觉有一些黑色的东西在角落里消失不见。有时，我无法抓住那些消逝的细微痕迹，无法将阴影拼凑成形状。

82

12月，我再次踏入医院，接受核磁共振检查，看看我的左髂静脉是否需要植入支架。这条静脉受到了右髂动脉的挤压。在把我安顿在白色的核磁共振床上之前，操作员和我一起回顾了我的病历。我一躺下，技术员就询问我以前是否做过核磁共振。

我摇摇头。

"这是第一次。"我轻声答道。

技术员将一个白色的罩子滑过我的头顶。

"这是扫描仪。"技术员解释道。

我尚未适应机器带来的压迫感，技术员就为我戴上了耳塞和耳机。随后，我躺在这张核磁共振床上，被缓缓送入一个昏暗、封闭的通道。一阵有节奏的砰砰声开始响起。由于患有幽闭恐惧征，我感到有些不安。

"请不要动。"技术员通过耳机向我传达指令。

我抬头盯着通道上方的一张贴纸，上面画着一个穿着紫色运动服的绿色外星人。我知道这张贴纸是为了安慰病人而贴上的。在这个有限的空间里，对于一个几乎无法控制正在发生的事情的人来说，它被视为一种视觉上的心理寄托，却让我感受到了前所未有的疲惫。

"你在这里,"我在心里默念,努力让自己的目光聚焦在外星人那三根粗短的手指上,"你还在这里。"

83

通信公司一直跟我联系，几乎是无时无刻不在给我打电话。一个多月后，我终于决定回复他们。一位客户服务代表接通电话后询问我的情况。

"您方便接电话吗？"

"我丈夫去世了，"我答道，"所以不太方便，时机不合适。"

代表向我表示哀悼。接着，我询问他们为何不停地给我打电话。

"是想让您升级服务。"他解释道。

他还告诉我，我每月的账单存在多付的情况。原来，早在一年前，我就预付了现在的话费，但由于我没有打电话，又调整了套餐，通信公司仍然在向我收取话费。我告诉他说，我会处理好的，但要等一年再说。

84

为了庆祝布雷登的生日,这是我自血栓手术后第一次出门。左腿终于痊愈,也能自己开车前往他给出的地址。抵达后,我停好车,沿着人行道慢慢地走,直至布雷登的车映入眼帘。后院被房屋的白色灰泥外墙所遮挡,我听到了从那里传来的微弱的声响。布雷登和他女朋友在夏天撒下草籽的那片土地上,人们似乎正坐在躺椅上互相交谈。我脑海中浮现出一对对情侣围坐在火堆旁的画面,或许他们还把孩子也带来了。

我倚靠在布雷登车子的引擎盖上,拨通了他的电话。

"我做不到,"我轻声说,"抱歉。"

他从屋后走出。他穿着一件法兰绒衬衫,正是秋天的色调。我内心长期复杂的情绪和痛苦的挣扎,此刻难以言喻。我渴望得到邀请,却无法踏足其中。这座房子离我第一次遇见柯蒂斯时所住之处仅隔两个街区,而这条街道此刻却如此阴沉。

85

核磁共振的结果显示，我仍需植入支架。血管外科医生将这一消息告知于我，建议我考虑一段时间，再决定是否愿意进行手术。

我默默地注视着他，双手在大腿上紧握成拳，内心则在无声地呐喊。我感到自己被死亡围困起来了——他的死，我的死，全世界人的死。那天早上，广播中的一个新闻记者疲惫地宣布，由于新冠疫情，联邦政府所采取的必要封锁措施将"无限期延长"。

我开口问道："我真的需要植入支架吗？"
"是的。"外科医生斩钉截铁地答道。

86

人们总是劝我,让我一步一步慢慢来。夜深人静时,我哭到双眼红肿。网上订购的物品送达时都装在棕色的纸箱内。我打开了一本探讨悲伤的书籍,得知作者于伴侣去世第一年就再婚时,我把那本书扔到了房间的另一头;我买了一个面部振动按摩器,却从未用过,因为我没有精力去弄懂要如何给它充电;还有那些美利奴羊毛袜子和头皮按摩梳。我不记得这些东西是什么时候买的了,但确实是我下的单,因为快递单上写着我的名字,而且信用卡上还有账单记录。

87

布雷登向我提起，柯蒂斯离世的那天，我给他发了两条信息。但我只记得拨打了那通请求他接我回家的电话。

据他描述，那通电话之后，我还发了信息给他，提到我说也许他不应该来，我可能会和父母一起返回卡尔加里。他说，他收到第二条信息时，他已经驱车一个多小时，正朝着我的方向赶来。

"我后来有没有再发第三条信息，说我真的很需要你？"我试探性地问。

"没有。"他答道。但我知道自己肯定又发了信息。

我摇摇头。

"我完全想不起来了。"我沮丧地说。

"你什么都不记得了。"布雷登重复道。

"这都已经好几个月了。"他补充说道。

我惊愕地发现，自己记不清楚当时所发生的事情。我无法窥见事情的全貌，还发现自己缺失了部分记忆。

我想知道，关于他的记忆，我失去了多少？为什么我要一次又一次失去他？

88

"急性悲伤会在4~6个月后会有所减轻"这一说法到底是从何而来的呢?

我找不到任何依据来解释这个说法,既没有相关研究也没有相关报告。我询问米歇尔时,她耸耸肩,表示她也不知道这一说法的具体参照标准。

她说,在悲伤体验或悲伤治疗过程中,并没有一个明确的时间框架来支持这一说法。

可这答非所问,她只是在重复我在资料里已经读过的东西。

几次咨询过程中,她所做的似乎就是回顾之前发送给我的资料。而多数时候,我就是在默默盯着她看。

89

在向血管外科医生咨询关于植入支架的决定时,我问可以考虑多久。他说几个星期的时间比较合理。我恳求他为我放置合适的支架时,他提醒我说,我的静脉可能过于狭窄,也就是说,可能存在静脉受压的情况。

"在真正将支架植入静脉之前,我们无法知道情况如何。"他轻轻地耸了耸肩说。

我追问医生,这是否意味着即使我忍受了整个侵入手术,仍有可能因为在术中发现血管过于闭塞,无法放置支架,而使得一切都是徒劳。

他答道:"这种情况完全有可能出现。"

尽管接受了多次检查,但我那大规模血栓事件的确切原因尚未明确。事实上,再加上我还患有髂静脉压迫综合征,这意味着手术有失败风险,可他仍然认为在静脉中尝试植入支架是最佳治疗方案。

90

邮局寄来了柯蒂斯的最后一份取件通知。我前往邮局，开始排队取件。轮到我时，我在柜台处给工作人员展示了取件通知，并告诉他我是来取件的，同时已准备好了驾驶证以供核验。他看了看邮政单据，又看了看我的身份证照片。我也准备了一个说法，知道他接下来要说什么了。

"信息不匹配，"他说道，"名字也不对。"

我摇摇头。

我解释道："我是他的直系亲属，是他妻子，是他的遗孀。"

这时，他摇摇头。我不确定他是否在听我说话。

"信息必须要一致才行。"他态度强硬地说。

我知道我得说实话了。此时已是上午九点，我不想新的一天就这样开始。

"他去世了。"我说。

"怎么了？"

他以为自己没听清，以为是我的口罩模糊了我的声音。

"他去世了。"我重复一遍，"我是他的直系亲属。"

他拍了拍自己的耳朵。

我提高音量，再次说道：“他死了。”

我在手机上翻出了死亡证明和遗产管理书。

"这些是证明文件。"我说。

他看了看我的手机，又看了看我。随后转身走进办公室里面，不一会儿又回来了，手里拿着一个白色信封。他把邮件递给我，我向他表示感谢。

"祝你今天过得愉快。"他微笑着说。

我闭上眼睛，稍作平复。

随后回应道："你也是。"

91

一次咨询结束时,米歇尔对我说:"你一定觉得,发生在你身上的事很不公平吧?"

到现在为止,我已确定自己和米歇尔并没有默契。她没有回答我的问题,也总是自以为很了解我,实则不然。她总是预设我的感受,而不是询问我自己感觉如何。因此,我一开始不愿与她交往,回答她的问题时很生硬,声音也很平淡。

我再度向她声明:"我并没有去想公平与否的问题。这样的思考没有任何帮助,也无法改变他已离世这一事实。"

92

"如果能忘记和他在一起的时光,你会这样做吗?"

我看着丽贝卡,等待着她的回答。我们坐在外面的一张长椅上,俯瞰着山谷以及那条闪闪发光的河流。

"不,"她语气坚定地答道,"即使经历过所有痛苦,我也不会割舍那段回忆。"

我没有告诉她的是,在某些时刻,我的答案是"会的"。有的时候,我真的不想去回忆了。我不知道没有回忆的人生能否继续,更不知道带着这份回忆自己能否活下去。

不过,最终,这并不重要,因为我似乎永远无法停止回忆。我只能暂时将回忆深埋心底,这是我无法摆脱的阴影。

93

我们在蜜糖沙滩举行了婚礼。那时,阳光洒在海面上,波光粼粼。婚礼前的那天下午,我和他一起冲浪。我们各自踩着冲浪板,一路冲到岸边。最后,他先我一步踏上了沙滩。

次日,我们站在悬挂着白玫瑰的拱门下,他身姿挺拔,深蓝色西装勾勒出完美的肩线。我们轻柔却坚定地交握着双手。

我深情地对他说:"愿时光对我们温柔以待,把碗碟留在水槽,让收音机流淌出你最喜欢的旋律,让月亮自由牵引潮汐。哦,还有,无论爱意走向何方,愿爱永存。"

我曾有过我们可能会离婚的担忧,可从未想过他会离世。

94

我了解到，从统计数据来看，在悲伤治疗中，大多数丧偶者，不分性别，在伴侣离世的第一年里，悲伤会剥夺他们半数以上的生存意志，也就是说，无情的悲伤会使人身心俱疲。

柯蒂斯离世6个月左右时，我回想起米歇尔曾提醒我，现在或接下来的几个月，急性悲伤会加剧。我开始担心，我的痛苦会让那些支持我的人筋疲力尽。

日常生活中，我开始刻意做出一些行为，那些在我看来能让他人安心的"好转迹象"：微笑、干净的头发、开玩笑、吃蔬菜、问别人孩子的情况。我想变得更容易相处，这样人们就会留在我身边。

"你看起来精神不错。"一位朋友见到我时如此说道。

然而，他未曾知晓，也无人知晓，有多少个夜晚，我躲在浴室里，用毛巾捂住嘴痛哭。

95

"一个人做这么多事真是太累了。"丽贝卡感叹道。

她丈夫去世已过一年,那时,我们正在丽贝卡公寓附近的公园边遛着她那只毛色发亮的黑狗。我告诉她,每次听到"你真坚强,我不知道你怎么能这么坦然地面对丧夫之痛"的言辞,我就心烦。

我们聊到了人们通常会与内心力量混为一谈的"好转迹象"——找到工作、开始独自生活、独自徒步、外出度假、化妆、梳头、约会。

我们各自都展现过一些"好转迹象"。然而,我们并未想过这样的生活意义何在,就这样每天过日子。我们也不知道,如果没有那些支持我们的人,我们该如何继续前行。

96

与柯蒂斯约会三周后,我让他最好别再和别人约会了。那时,他正站在炉灶旁,搅拌着不锈钢锅里的通心粉和奶酪粉。随后转过身来,用右手拍了拍自己的胸口说:

"我没有和别人约会,你怎么会这么想呢?"

我盯着他看,他是如此真诚,可我也一样。以前从没有人喜欢我,而他是第一个我不需要说服的人。这些事情,我在他面前只字不提。我为自己的私欲感到羞愧,于是试图用强硬的要求来掩饰自己内心柔软的期盼。

我直言不讳地说:"我不想浪费时间,我想要能长久的关系。"

我问他是否愿意给予我这样的承诺。

当我把这番话转述给朋友们时,他们纷纷说我太"上头"了。

"冷静点,"他们劝我说,"你们这才约会了一个月啊。"

可我还是告诉他们,我没法冷静,尽管这显而易见。

"你太夸张了。"他们笑着说道。

这正是我所担心的,因此我没有告诉他们这些内容。

97

除了咨询米歇尔，我还了解到更多关于悲伤的资料。由于注意力难以集中，我得花费好几个小时才勉强读懂两三个句子。每当"死亡"这个词跃入眼帘，我瞬间将其遗忘。可我又不得不往回看，重新去看那个词，那句话乃至那段文字，反复阅读，试着理解。

我了解到，人们普遍提及的"悲伤的五个阶段"——否认、愤怒、讨价还价、沮丧和接受，从来都不是用来描述丧亲者的经历的。这一理论源于一项研究，聚焦于被确诊患有绝症者的情感经历，但缺乏实证基础。

读到这时，我觉得我误解了，因为我觉得自己一生见证了"悲伤的五个阶段"。我又看了一遍文章，这次我的悲伤并没有妨碍我理解，我才发现这五个阶段绝不适用于描述丧亲者的经历，而是用来描述另一种痛苦的。

98

将悲伤倾注于文字,让人痛苦难耐且心力交瘁,我总是想着自己必须停下,可我没有。

这是他离世后,我唯一能做的事,是唯一能表达自己的方式,也是唯一能直面悲伤,不让其将我淹没的方式。

99

柯蒂斯离世6个月后，我带着相识多年的朋友布雷登与卡蒂（Katie）第一次回到我们住过的公寓。卡蒂迟到片刻，但一见到我们，便给了我们一个长长的拥抱。她总是那样执着。

我打算将柯蒂斯的遗物送到我父母家的储藏室里，但我担心这会给家人带来负担，于是请他们帮我收拾这些物品。我仍然和父母住在一起，而妹妹仍然会在下班后过来看看我。

进入公寓后，穿过走廊走向他的书房时，我突然感到恶心想吐。

这正是我的新心理咨询师安（Ann）所说的"呕吐测试"。她曾告诉我，如果某件事让你想要呕吐，那就不要做了。

米歇尔因压力而暂时离职，这才有了我与安的相遇。我希望米歇尔没事，但我不希望继续与她进行咨讯工作。比起米歇尔，我更喜欢安。

100

接受心理治疗时，我和柯蒂斯各自写了一份清单，上面列着对方让我们烦恼的事情。这些保密清单仅在各自咨询时与RJ共享。回到家，我轻轻地戳了戳柯蒂斯的肩膀。

"告诉我，"我恳求道，"告诉我，告诉我，告诉我。"

他不说话，那我便自行猜测。

"我小心眼？"我试探性地问，"我恋家？我太情绪化？我忧郁？"

"忧郁？"他重复了这个词。

"还有，我很少陪你和你的朋友出去聚会，"我继续说，"我从来没喝过咖啡，那太变态了。"

听到这，他笑了。但不管我追问多少遍，他就是不告诉我他的清单上写了什么。

"停下来吧。"RJ劝我说，可我停不下来。

101

我决定重新住进公寓,于是准备着手整理柯蒂斯的遗物。然而,只要他的物品还保持着原样时,我就无法下手,因为这一切仿佛在说,他只是暂时外出旅行,很快就会回来。

柯蒂斯的书房紧挨着我们的卧室,我未曾踏入,只是每当书房的门开启时,我会一直盯着房门看。最终,卡蒂先走进去,我紧随其后,布雷登则跟在我们身后。

书房内,一片狼藉,这都是柯蒂斯留下的痕迹。我勉强忍下胃酸的刺痛。妈妈和妹妹是他离世后唯一来过公寓的人。几个月前,她们为我收拾了一些衣服,足够我住在离这里十分钟路程的父母那里。而公寓内,除了那些衣物,我们所有的物品,他的东西,一切都保持着原样。我知道,这得益于房东的宽容,是他坚持让我暂停支付一年的房租。

晚上，我们一同铺床。他抱怨说我总是把床单弄得乱七八糟。

"你睡觉的时候，"他说，"身子总是扭来扭去，还大喊大叫。"

我虽嘴上不承认，但每当他不在时，床单仍乱作一团，如同遭遇了龙卷风的肆虐。

102

情人节那天,我与一个朋友共进晚餐,而柯蒂斯的33岁生日已过去三天。我悲痛欲绝,只睡了两个小时,疲惫不堪。尽管如此,晚餐前,我还是吹干了头发,描画了眼影。

"这或许是好转的迹象。"我边将银耳环穿过耳洞,边暗自思量。

"你看上去真迷人。"朋友一见到我便夸赞道。

我们聊了会儿天,随后点了葡萄酒。她突然问我是否开始考虑约会,我尝试以一个乏味的玩笑来转移话题,说恐怕没人愿意和一个遗孀约会。我原本期待着她会摇头或礼貌地微笑以对,但她并未如此。

"你好,"她转而对服务员开玩笑地说,"艾米是位遗孀,如果她哪天想重新开始,你……"

"短期内没有这个打算。"我打断道。

她继续说道:"但,如果她真的这么做了,有什么问题吗?"

戴着口罩的服务员的双眼露出惊讶的神色。我心中生出一丝歉意，因为每次提到"遗孀"这个词，人们就显得有些尴尬，不知道该怎么处理。

"哦，"他迟疑地回答，"这要看具体情况吧。"

显然，对话并未如我朋友所期望的那样发展下去。

"我想，这大概取决于你是不是杀了你丈夫。"他小心翼翼地说道。

"不，"我认真地回答，"我没有杀人，他只是突然离世了。"

我几乎能感受到服务员内心希望能在此刻找个地缝钻进去的窘迫。

"那真是太不幸了，"他真诚地说，"不过，我认为那不会成为问题，绝对不会。"

我的朋友咧嘴笑着，虽然有些尴尬，但仍很得意。

服务员离开后，我前往洗手间。待我回来时，朋友告诉我，服务员在我不在的时候过来道歉了。

"他说他冒犯了你，"她解释道，"他还说，其实他觉得你的状态很不错。"

我觉得服务员有些害怕我，才急忙向我的朋友道歉的。明明我努力表现得"正常"，却仍让他不安。

103

孤独如影随形,这种感觉从未消失过。这让我感到羞愧,因为它让我如此依赖他。对此我想竭力否认。

"我需要一些个人空间,"我鼓起勇气对他说,"你不要时刻围着我转。"

他会听我的,不再给我发短信,不再问我问题,也不再过来给我做饭。可我却吓坏了,于是打电话问他:

"我们这是要分手了吗?可你说过你不会的。"

柯蒂斯离世将近7个月后,我第一次将自己写的小故事出版成册。

一年前,我给他读了这个故事的初稿。那时,我坐在厨房的柜台上,他正用两把叉子分割着烤鸡。听我读完时,他满眼笑意地说:"真的很棒,宝贝。等到这本书出版了,我们一定要开一瓶上好的气泡酒,好好庆祝一番。"

我从未真正设想过这本书大卖的场景,但仅仅是他那份坚信与期待,对我而言,已足够珍贵。

104

"或许,你需要换个新环境生活。"RJ建议说。

我坚持说这不可能。和他在一起那么久,公寓就是我的家,我渴望它再次成为我的归宿。

卡蒂打开柯蒂斯书房的衣柜门时,我看到了里面的东西:那顶我们第三次约会时他戴着的棕色牛仔帽、节假日我家人买给他的红色登山背包、每天骑行通勤时佩戴的红黑相间头盔,还有我们一起上绘画课时留下的那包绘画用品。我把帽子和头盔从衣柜里拿出来,紧紧抱在怀里。卡蒂询问我,她和布雷登要怎么做才能帮我。

"就从书架开始整理吧!"我答道。

内心深处,失去挚爱如同刀割,但我强忍泪水。我不想让事情变得更糟,朋友们就像在教堂里或葬礼上那样,举止轻缓,言语温和,我不愿他们因此感到疲惫。

后来,与卡蒂在水库边散步时,她告诉我说,她需要提醒自己,我正沉浸在深深的哀伤之中。

"你伪装得太好了,"卡蒂说,"有时我会忘记你正处于痛苦之中,然后又猛然记起。"

我笑了笑。

"是剧痛。"我强调说。

我和柯蒂斯一起填了份性格调查问卷。

"你认为你的伴侣神秘吗?"他大声读出这个问题。

他望向我。

他在"是的"上画了个圈,小声说"别生气哦"。

105

我决定接受体内植入支架的手术。

我知道这一决定会被视为"好转的迹象"的。我想通过此举,向那些自柯蒂斯离世后依然坚定不移爱着我的人展示出这个积极的信号。然而,促使我同意植入支架的还有另一重不为人知的原因。

当我致电血管外科医生,告知他我的决定时,他说医院的调度团队会在接下来的几周内打电话联系我,告知我预约的手术时间。

"我等不及了。"我急切地说。

106

痛苦的经历让我清楚地明白，悲伤并不会出现在任何有明显界限的可预测阶段。然而，得知著名的"悲伤的五个阶段"并不是用来描述我的悲伤发展过程的，我竟松了口气，原来我并没有做错什么。

随着深入了解人们对悲伤的普遍看法，我愈发理解为什么会有这些过分简化丧亲之痛而又不准确的看法。

为何痛苦如此普遍，却仍被世人广泛误解？

107

柯蒂斯戴上耳机,连上乐器,平板电脑上显示着乐谱。他这样在书房里一坐就是几个小时。有一次,他在我面前感慨道:"如果能重来,我想要成为音乐家。"

我知道,每当我结束一天的教学工作,踏上归家的路途时,他就会拨弄着乐器。门外,他的鞋随意摆放;门内,却静悄悄的。我蹑手蹑脚地走过走廊,靠在门框上,只见他按下电子钢琴的琴键,或轻拨吉他的琴弦,双手灵活地跳跃着。察觉到我的注视,他转身摘下耳机,问我是否愿意听听他一直在创作的乐曲。在这旋律中,我感觉自己心中那些不知何时结下的心结,正缓缓解开。

108

整理好柯蒂斯物品的数小时后，卡蒂和布雷登终于将柯蒂斯的乐器和一箱箱衣物放进了车里。他们一趟趟地搬运着柯蒂斯的遗物，前往我父母家中，而我则留在书房，从衣柜背面拿出一个塑料收纳箱。

箱子里，是柯蒂斯珍藏的从我们初识那一刻起，我赠予他的所有卡片。还有那些在新年前夕、员工聚会、音乐节、商场和酒吧拍摄的照片。我们多年来拍摄的4英寸[①]×6英寸的照片，以及婚礼上的专业摄影照片和宝丽来照片，也都整齐地摆放着。此外，还有我们参加过的艺术展和博物馆的宣传册；两张未曾兑现的电影票，我们总是想去，却总是去不成；更有我用废纸写给他的小纸条，只是因为有我的字迹，他也珍藏至今；以及我的硕士论文也被他装订成册，并配以他亲手设计的封面。

我将这些物品全部整理了一遍。他，曾是我世界的一切，如今却仿佛化作了虚无。在公寓里，我疼痛难耐，但我强忍着泪水，仍旧不愿让自己在卡蒂和布雷登面前失态。我感到头痛

---

① 1英寸=2.54厘米

欲裂。

　　某天晚上，柯蒂斯在睡梦中直接对着我的脸打了个喷嚏。

109

有几天晚上,柯蒂斯在床边弹奏吉他,我伴着那旋律入眠。自从我给他买了一把班卓琴后,他偶尔给我上演一场个人音乐会,边弹班卓琴边吹奏口琴,还击打手鼓。他吟唱的是慢舞曲调,那些关于岁月流转、风风雨雨的旋律。不过,更多时候,他会熬夜在平板电脑上制作电子乐曲,然后在我们准备晚餐时为我演奏。

他将其称为"音吃(Beats and Eats)"。

卡蒂询问我的感受时,我答道:"太安静了。"

周日,是我们共同的散步时光,这个习惯已经持续了一年多。无论风雨,每个周日卡蒂都会陪着我一起。每当这时,她的丈夫会照顾他们的孩子。这份善意我无法忘记。

"我走不出来,"我轻声说道,"周围一片寂静。"

110

当我收到那本刊登了我短篇小说的文学杂志时,我将它捧在手心,泪水夺眶而出。

如果柯蒂斯还在,他定会在公寓里兴奋地跳来跳去,尖叫着庆祝,还会为每个人都购买一份杂志,然后带着满脸笑意站在他们身后,看着他们阅读。

但我不会那样做,这不仅仅是因为他已经离世了,更是因为我本就不是那种能够欢呼雀跃的人。尽管我很想这样做,但自己总是太害怕了。我需要柯蒂斯替我来感受,替我去欢腾。

111

自从将柯蒂斯的物品搬出公寓后,我便开始住在这。但情况不太妙,我不断陷入恐慌与不安。周围的一切,墙壁上、浴室里、地毯上乃至水壶中,都残留着我们一同生活过的痕迹。

这间公寓,是最后一处能找回自我的地方,我也渴望在这里找回自我。我或许是在自欺欺人地以为,公寓里弥漫的痛苦能够逐渐消散。面对未知与已知的抉择,选择未知是如此困难,而我也不想做出抉择。然而,那份已知的痛苦,尽管令人心碎,我却爱得如此强烈、如此具体。

某个周六,柯蒂斯打算扔掉他那件陪伴多年的灰色睡衣。那睡衣已经破旧不堪,腋下磨出了洞,衣领也早已与衣身分离。在他离世前的那个周末,我们躺在床上。我用手抓住他睡衣的领口,他则用那双明亮而充满笑意的眼睛望着我,挑衅地说:"有胆量的话,你就试试。"我用力一扯,睡衣裂成碎片。接着他就把那些碎片绑在身上,在我们的卧室里随着手机中播放的 *I Will Remember You* 起舞。我拿起手机,记录下这一幕，画面因我的笑声而抖动。床上堆满了他的脏衣服，我的脚趾能碰着这些物件，被子也皱成一团。

112

在自从柯蒂斯离世后,我第一次去洗车时,我感觉自己的内心世界坍塌,万念俱灰。他在离世前的几天里开走了我的车,还好心地为我加满了油。把我的车开回家时,他告诉我说,他送给我一次洗车机会,随后把那张印有豪华洗车服务代码的白色长条收据,卷起来,放在我车内的杯托里。

"一定要尽快去使用哦,亲爱的。"他这样催促我。

当我总算决定去洗车时,他已离世数月之久。走出洗车房,身后回响着商业烘干机的轰鸣声,而外面的阳光很刺眼。

数月过去了,我才敢再洗一次车。

113

遇见柯蒂斯的前几周,我与另一位男士约会时,那位男士听到室友归来的声响,便让我躲进他卧室的衣柜里。我双腿交叠地坐着,透过衣柜的缝隙往外张望。我暗自思量。要是这趣事讲给朋友听,定能引来一阵欢笑。我并未因此感到悲哀,也从未预想过自己竟会见不得人。当我向柯蒂斯叙述这段经历时,他瞪大眼睛看着我。

"艾米。"他轻声唤道。

他伸手想要触碰我,而我却退缩了。这并非出于对他的抗拒,而是因为他给我的这份温柔。我渴望那份温暖,却不知该如何接受。

114

　　某个周五的夜晚，我们吵架了。争吵过程中，我用力关上房门，离开了公寓。我驱车在这个城市里绕了一圈，直到呼吸平复下来。他不停地拨打我的电话，可我没应答。当我返回家中时，却发现他已不在。我坐在沙发上，耳边回响着他留在我手机上的语音信息："嘿，宝贝，我很担心你，请给我回个电话吧。"

　　我没有给他回电话。他回来时，我询问他去了哪里。

　　"我四处找你去了。"他着急地说。

　　那晚，我因愤怒而离家出走，他就去追寻我的踪迹。我们携手共度多年时光，我深知他对我的爱意。但他追上我的那一刻就回答了我一生的疑问，展现了他对我的爱意。

115

医院里有位女士致电给我，告知我植入支架的时间安排。那时，我正忙着把柯蒂斯的信息从我们所有共同使用的网络流媒体账户中一一删除。

通话时，我开了免提。她告知我手术定于两周后，并强调必须有人陪同前往医院，手术前12个小时不得进食，到医院时要在前台完成登记手续。在她说话的全程中，我都在操作着另一个应用程序的设置界面。

我必须删除他的账户。这位女士在提及前台具体位置时，语速过快，导致我未能完全听清。她挂断电话后，我只能继续操作。

"删除用户？确认。"
"删除用户？确认。"
"删除用户？确认。"

116

米歇尔曾提醒过我,在第七个月时,悲痛将会加剧。恰逢此时,我还将接受支架植入手术。

我不想承认自己有多痛苦,因为我仍在竭力展现出"状况好转",试图不让我的亲人因我而感到负担。于是,有一天,我倒在父母家的走廊上时,我没有告诉任何人。我尝试着调整呼吸,却发现自己做不到。除了我,家里空无一人。孤身一人时,我让自己真切地感受到一种剧痛,我不知道我的皮肤和骨骼是如何承受这种疼痛的。我蜷缩在地毯上,希望能重新站起来。啜泣时,连呼吸都变得困难,更别提大声喊出:"我撑不下去了。"

117

支架植入手术的前一天,我收到了一封邮件,标题写着:幼犬。

发送人是去年我和柯蒂斯选择的那位犬类饲养员。我打开邮件,里面写着:

一只雌性红色狮子狗幼犬,如果你有意,它便属于你了。两个月后,它就可以跟你回家。

这出乎我的意料,我都忘了我和他还在领养名单上。没有他,我想知道自己能不能照顾这只小狗,我也想知道自己是否愿意照顾这只小狗。此刻,我流下了泪水。他会感受到我无法感受到的喜悦,而且他高兴的话,我也会很高兴,甚至会让我更加高兴。我们原本应该一起计划,如何向大家宣布我们将领养一条小狗的消息。我流下泪水,是因为悲伤会渗透到一切事物之中,让一切都沾染上悲伤的气息。

我点击了回复,并输入:

"就它了。"

紧接着,邮箱里传来轻微的提示音,一封新邮件悄然而至。没有文字,只有一张蜷缩着的深红色小狗的照片。

我想拥有它,但看着这张照片,我心中只涌起一阵空虚。

118

随着悲伤的痛苦不断加剧，死亡的念头频繁地在我脑海中徘徊。

"你觉得，如果你死了会发生什么？"RJ说，"你相信天堂吗？"

我告诉他："现在我不相信了。"

"曾经信过？"他问。

我告诉RJ，我的家人都信奉宗教。我出生于基督家庭，相信存在着天堂。然而，即便在孩提时代，永生的概念就时常让我心生焦虑。我不明白为何死亡并非终结，可这却让我的父母感到欣慰。一想到自己将永不消逝，我的胸口就会揪紧。晚上躺在床上，我会思考永生的存在。我会感到呼吸困难，不得不在吸气时数数，在呼气时也数数。

"你年轻时会经常思考死亡吗？"RJ问。

"每个人不都这样吗？"我反问道。

119

柯蒂斯提议将我们新领养的小狗命名为"莫玛"(MoMa)[1],因为我们都热爱着艺术,而纽约,也是他首次向我倾吐爱意的浪漫之地。

我欣然赞同:"这个名字太贴切了!"他听后展露了笑颜。

---

[1] 现代艺术博物馆Museum of Modern Art,常简称为MoMA。是一所在美国纽约市曼哈顿中城的博物馆,也是世界上最杰出的现代艺术收藏场所之一。

120

支架植入手术那天,妈妈开车送我去医院,有人递给我一件白蓝相间的长袍和一条暖和的毯子,我把它们披在肩上。妈妈则坐在病床边的椅子上,给我拿出一双袜子。她总是这样细心,想着如何照顾别人。

我完成了抽血和手臂上的静脉注射。医生在我的脚上用记号笔画了个叉,标记出我足动脉搏动的位置,随后我脱掉袜子,换上了蓝色的手术靴。接着,回到那个冰冷的房间——正是我之前接受了AngioJe手术的地方。最终,我躺在手术台上,全身麻醉,暂时失去知觉。

小时候,我曾以为忘记死亡会是种解脱,没有尽头的生活像地狱一般。

术后我一直在恢复室休息,直到医生允许我出院。出院前,医生又来观察我的情况。他告诉我说:"支架的植入近乎完美。"

他说:"一切看起来都很好。"

妈妈开车送我回家时，一路上大雪纷飞。我看着雪花在车周围飘散开来。我在想，如果他在这里，定会满心忧虑，抛出连串我不知如何作答的问题。无论我们住在哪里，他都会等着我。每当他真正流露出担心时，那双深邃的眼眸便一动不动，神情严肃。等我安顿好上床，他一定会紧张不安，只因我还得在床上躺一会。我的腿脚还很脆弱，这段日子里，我必须要把腿伸直，不要让它受累，让伤口得以愈合。他一定会坚持请假来照顾我。而一直以来，也都是他在照顾我。

121

我登录进柯蒂斯的一个网上购物账户,并将其停用。我发现他的购物车里收藏着一把小巧的木制胡须梳。疫情肆虐的前5个月里,他的胡须留得比以往更长,这让他无比自豪。他再也无法买下那把胡须梳。我凝视着梳子的图片,然后低下头大哭起来,泪水积聚在桌子上,最终从桌沿滑落。

我向赛琳娜倾诉了这一切——她还在每天给我打电话,和我一起写作。我向她倾诉时,虽然哭声听起来很夸张,可事实确是如此,我真的还在哭,哭得非常伤心,也哭了很久。

我告诉RJ:"我真不应该领养这只小狗。没有他,我养不活它,让我一个人做太难了。"

他建议说,我可以收回那个"是"的决定,将回答改为"不是"或"还不是时候"。我摇了摇头,我觉得我必须留下这条小狗,不仅是因为我已经同意了,而且这本来就是我和他想领养的狗。

"这是你第一次为未来做打算。"他感慨道。

我告诉他,我已经和我母亲说好了,如果我离世了,她必须照顾这只小狗。

他无奈地说:"怎么还是这样。"

我耸了耸肩。我没有求生的欲望,但为了我的家人和朋友,我还是想活下去,这就是莫玛于我而言的意义。

122

丽贝卡告诉我,希望在她徒步旅行时,公交车不会撞到她,落石也不会砸在她身上,而我也不愿这样。我告诉她,如果我死了,是因为我心甘情愿。我渴望攀登至最高峰,直面那令人心生敬畏的高度,想感受身体与之较量的方式。我想对我的身体说,它带给我的痛苦即将结束,我已经把我们带上了绝路。

123

"你是不是觉得自己像是被火车碾压过一般?"

医院紧急心理治疗中心值班的医生这样询问我。

"不,"我答道,"是你听到火车来了的声音。"

这位医生非常高大,身形要比他所坐的小巧办公椅要大得多。他直直地看着我,没有遵循既定的问诊流程,而是询问我关于我自己的事情。我说完后,他也会回应。

得益于这份体贴入微的关怀,我向他讲述了柯蒂斯离世、自己徘徊于死亡边缘以及轻生的念头。我告诉他,现在我体内植入了支架;告诉他,我之所以同意做这个手术,是因为血管外科医生告诉我,如果没有支架,我身上很可能会再次发生危及生命的血栓事件;告诉他,我没有告诉别人的事情,因为我不想让我爱的人知道真相;装支架不是为了活下去,而是能由自己决定于何处结束生命。

我轻声说:"悲伤如此强烈,而我时常感到无能为力。"

我和他交谈了很久。不像其他人,他并未试图对我应该如何行事或感受去指手画脚。相反,他告诉我:"你显然是那种能够自主做决定的人。"他说这话时,让我的肩膀肌肉渐渐松弛下来,而这正是我在这段被悲伤笼罩的日子里所渴望的一种自我掌控的能力。

在离开他的办公室之前,他询问是否可以给我一些建议。当我点头应允时,他递给我一个乌龟形状的小挂件。
"慢慢来。"他温柔地说道。
银色金属挂件在我手中变得温热。

124

在我的腿尽可能保持不动几周后，我可以开始活动了。大腿皮肤上出现了一个紫色的球状疤痕，那是支架导管进入我体内的痕迹。尽管身体逐渐展现出康复的迹象，但我的悲伤持续加重。这份痛苦自第八个月起开始加剧，直至第九个月仍未消逝。

我向父母和挚友袒露心声，包括RJ，表示自己不打算活过35岁。这个念头，我称之为"35岁自由计划"。我之所以向所爱之人袒露这个念头，是希望他们知道我是认真的，理解我承受痛苦的能力是有限度的。RJ询问我是否心意已决，我望着电脑屏幕，摇了摇头，心中犹豫不决，只是不愿在不确定的情况下忍受这么多痛苦。

我告诉RJ："必须减轻我的痛苦，无论如何，我需要找到一个减轻痛苦的方法。"

某个星期四，我试着把一个面团团成比萨饼皮的形状，可我不明白要怎么下手。面粉结块，生面团更是一团糟，都是我的错。我过去常常靠在厨房的墙边，看着他在灶台上撒着面粉，揉着面团，用擀面杖将它擀成完美的薄皮。他提议要教我时，我却摇摇头。

"我不需要学,"我轻声说,"有你就足够了。"

他总是告诉我:"50年,宝贝,50年。"那是他心中我们相守的期限。"至少。"他还会补充一句。他说的次数多了,我也开始相信他说的了。

125

5月初的一天,我接到了莫玛。那时,我已经连续40多个小时未曾合眼。狗狗只有2.8磅[①]重,对此我毫无准备,以至于我为它挑选的玩具都显得过于庞大。我把它抱在怀里,告诉它我的名字,告诉它情况不一样了:本来会有两个人迎接它。

"他比我更好,"我对莫玛说,"你会喜欢他的。"

我疲惫不堪,感觉像喝醉了。当我把小狗交给妈妈时,她用鼻子蹭着莫玛柔软的毛发,还轻声跟莫玛说着话。妈妈对莫玛的那份爱意如此明显,但却让我感到绝望。

我曾以为,我和柯蒂斯一定会喜欢这只小狗。然而,没有他的日子,我觉得完全不行。我未曾言明的是,面对莫玛,我没有任何感觉。

---

① 1磅≈0.45千克

126

我只梦到过他一次。梦中,他一头长发,一如我初次见到他的模样。我看见他倚在门边,站在我面前。当我靠近时,他却转身。目光交汇之时,我询问是否真的是他。

"是我。"他轻声回应。

我们心照不宣的是:他死而复生了。这时,我抓住他。

"你还好吗?"我焦急地问道,"你在这里过得怎么样?"他告诉我说他过得很艰难。

"你要离开时就离开吧。"他看着我说。

我想知道他是什么意思,他来见我要付出什么代价呢?随后,我们肩并肩地坐在一辆露天交通工具上。就像以前那样,我向他倾诉自己内心的沉重与难以言喻的痛苦。我倾诉时,他却摇摇头。他做出细微的动作时,嘴巴轻轻地合在一起,嘴唇边缘微微向上翘。从前我见过这种情况,我便知道这是什么意思,这是我们之间无须言语便能理解的默契。他摇了摇头后说的话,我却一时未能捕捉其意。

我告诉他:"能再次听到你的声音,真好。"

"我想念听你说话的时光。"我轻声说道。

他说话时有一种独特的抑扬顿挫之感，声音轻快而又活泼。

"但我最想念的是与你对话，与你分享一切。"我补充说。

车辆继续平稳前行，但梦境的边界却逐渐变得模糊。我们都明白，他会再次死去。我们为即将到来的离别深深叹息，却又相顾无言，只因时间已不够了。

我们有着一套特有的交流方式，而此刻，将由我结束这段对话。

127

就这个梦而言,我不知道该相信什么。

"从逻辑来看,"我对RJ说,"我知道思想的力量是多么强大,但也可能是我内心虚构的。"

RJ举起双手,随后又放下。

"为什么要这样想!?"他反问道。

我向他解释,这不仅仅是因为我已不再相信有来世这一说法,更重要的是,如果我想活下去,我必须摒弃这样的念头。

"你想想看,"我继续说道,"如果那真的是他,如果他真的在来世等我,那么我绝不会留在这个世界。"

我看着电脑屏幕上视频聊天框中的RJ,然后透过聊天框,看到父母客房那空白墙壁,泪水再一次滑落。

"我必须相信什么都没发生,也不可能看到他,必须相信我已经没有办法回到他身边。"

"爱，能解决一切。"

柯蒂斯曾反复向我强调，而这也是他最虔诚的信仰。

我反驳道："不是这样的。有时候，仅仅有爱是不够的。"

"就是这样的，"他坚持说道，"你会看到的。"

128

第一次把莫玛放在安全座椅上时,我的手臂上挂满了它的东西:一袋幼犬狗粮、一个可折叠的水碗、磨牙玩具、毛毯、牵引绳和背带。我费力地弄安全带的卡扣时,妈妈听见我在车外大喊道:"我搞不定!"

妈妈立刻冲上前来接手。随后,我才意识到自己把钱包和钥匙落在家里了。这时,我流下了泪水,不过更多是因为我太疲惫了。莫玛经常在夜间醒来,而我身体的疼痛感也不断加剧。

129

"我们还会再见到他的。"

克里斯托弗与柯蒂斯自幼便相识,他这样对我说道。此刻,天色已晚,我们坐在市中心一家餐厅的橡木吧台前,话题不经意间从其他事情转回到了柯蒂斯身上。

"我无法相信!"我激动地告诉他。

"可我必须相信。"他语气坚定。

我接着说:"柯蒂斯不相信天堂的存在,一点也不信。"

与柯蒂斯谈恋爱的第一年里,我不停地询问RJ:"你是怎么知道自己爱上了某个人的呢?"

其实,我并非不确定自己对柯蒂斯的爱意,而是想看看世界的每一个角落,来确认这份爱能够延续下去。

130

我的生日在5月底,卡蒂和布雷登问我想做些什么。

"什么也不想。"我心里默默答道。

然而,我们还是去野餐了。

抵达公园时,莫玛兴奋地嗅着空气。我抱着它,生怕户外的气温对它娇小的身躯来说过于炎热。同时,烈日正照射在我的手臂和双腿上。布雷登和卡蒂带来了气泡酒、素食奶酪、特色饼干、加工过的肉制品还有美味的甜甜圈。我看着这些琳琅满目的东西,知道他们的爱意,可我真的看得见却感受不到。我无法触碰他们的爱——或者,也许是它无法触碰到我。我一直望着如同一个蓝色圆盆的天空,万里无云。我心想,如果我敞开心扉,也会看到这样的景象。空空如也的蓝色。

我30岁生日那年,他在车里塞满了气球,弄得他都看不见后视镜了,结果出了个小车祸。

131

有时，我会担心自己做错了，而我自幼接触的宗教信仰才是对的。也许柯蒂斯处于来世之中，也许意识从未消逝，也许每次我说出"请回来"时，他都听得到。如果他能听到，他定会伤心，但我似乎难以停止呼唤，因为自己不停地朝着那个不知真名的虚空呼喊着。

我最常做的梦，是身体束缚住了我。我试图活动四肢，但它们就是不听使唤。我无法呼吸，而且无论我多么努力地想抬起手臂，张开嘴或者扩张肺部，都徒劳无功。醒来时，我浑身发抖，大口大口地喘着粗气。内心的恐慌告诉我，自己刚刚真的停止了呼吸。

132

我第一次在公寓里过夜时,卡蒂睡在客厅的沙发上。自他去世以来,我就再也没有在我们的床上躺过。我看着那个已经快一年没有调过的时钟,目睹着它一小时一小时地运转。整个晚上,我的嘴巴都很干,鼻子堵塞,眼皮因哭泣而几乎睁不开。手臂也麻了,因为我一直伸出手臂,穿过狗窝的缝隙,让莫玛随时都能用它那湿软的鼻子嗅到我的手指。

早晨七点半,我听到卡蒂出门了。她需要回家看看她的女儿和丈夫,让我高兴的是,她没有看到我肿胀的眼睑以及满是泪渍的脸颊。她为我做了那么多,我不想让她知道我仍旧有多痛苦。

公寓再度陷入寂静,我从床上起身,打开狗窝的门。莫玛嗅着我的脚时,我这才意识到我左脚小脚趾的指甲脱落了。之前指甲并没有松动,也没有受伤,现在却脱落了。我在地毯上捡起指甲,想着它那小小的破损,那淡淡的弧形外壳。

几年前的5月下雪了。我讨厌下雪,但他坚持要我们一起出去。

"真美啊!"他感慨道。

厚厚的雪花慢慢地落在他的头顶。

"好冷。"我却说。

看着他时,我感到一种近乎伤感的温柔,感觉眼睛一阵刺痛。

我告诉他说:"我有点不对劲。"

"没有,宝贝,"他安慰我说,"一切正常。"

133

第一次独自在公寓里醒来的那天早晨，我坐在床边，手里拿着脱落指甲，疲惫不堪，仿佛眼皮上挂着石头，难以睁开。

最终，我给莫玛套上背带，带它去晨尿。天色阴沉，阴雨连绵，气温凉爽。公寓后巷里，垃圾袋被乌鸦和喜鹊撕扯开来，散落出皱巴巴的收据、脏兮兮的餐巾纸和食品的包装外壳，这让我的眼眶湿润，鼻子刺痛。并不是狼藉的垃圾让我想起了他，而是这些垃圾袋、垃圾，任何这些东西，依然存在，而他，却已不在。

"柯蒂斯。"我轻声喊道，因为前方有个男人正将绿色的回收箱拉回自家院里。

"请回来吧。"我说着。

那个拖着垃圾箱的男人朝我这边看了一眼。

"不是你。"我心想，注视着那摇摇晃晃的垃圾桶，在巷子里松动的石头上颠簸前行，轮子歪歪扭扭，咔嗒作响。

那天清晨，我终于承认，我无法回到我们的家了。尽管我一直希望事情会有所不同，但公寓不再是我们的了。这个事实无法回避，带来的痛苦也无法阻止。

134

那晚,我和克里斯托弗一起出去。酒吧里,我们的酒杯在闪亮的吧台上投下了朦胧的光晕。我问他为什么相信自己会再见到柯蒂斯。

"你信仰宗教吗?"我问道,"相信有来世吗?"

他告诉我,他并不信奉那些。我盯着他,彼此眼中闪烁着泪光。

"那你为何还认为自己还会再见到他呢?"

他摇摇头。

"我会见到他的。"他语气坚定地说。

"不,"我反驳,"他无处可去,已经走了。"

"我会见到他的。"他依旧重复着。

柯蒂斯离世后,我和克里斯托弗至少在三家酒吧里一起哭过。我在想,他一个人的时候是否也哭过。我知道,他对直面柯蒂斯离世的事实心存畏惧,也知道他需要一些东西将自己与失去的痛苦隔开。正因为我明白这一点,我才没有告诉他:在经历悲伤之前,我们被告知的事情都是不对的。

我未说出口的是,每个人在面对悲伤时都会感到恐惧,而这种恐惧对悲痛者来说是危险的。我没有告诉他我正体会的痛苦教训：忍受他不会回来了这件事本身是无法做到的事，但拒绝承认这一事实更糟糕。如果你想否认，那这就是对生活更大的潜在威胁。

135

疫情封控期间,我和柯蒂斯每天下午都会出去散步。有一次,我们碰到了一只毛茸茸的狗,它正兴奋地拱着主人的腿。我们离得很远,但我们都看到了那只狗粉红色的阴茎。我们都惊讶地看了两眼,然后,我们互相对视。看到他已乐在其中,而我也咧嘴一笑。柯蒂斯笑得太大声了,那只狗转过头来看我们。

他的笑容多猥琐,多邪恶啊,眼睛里也闪烁着光芒。

136

在公寓度过了一夜后,我便没有再回去居住,更未在那里过夜了。父母告诉我,只要我需要,我就可以和他们住在一起。如今,与父母同住已经10个月了,也就是说,自从公寓作为他的家、我们的家以来,已过去10个月了。

137

我让大家为我祈祷。人们告诉我柯蒂斯在来世时,我相信他们的善意,不论这在他们心中意味着什么。我不愿剥夺他人想象他在天堂而带来的安慰,但我不会告诉他们,对我而言,这样的安慰并不存在。

我不会告诉他们,对我来说,天堂意味着完全不同的东西,它如同我们在床上曾用过的枕头,我的是深灰色,他的则是深蓝色。他把我的那一边叫作"灰色地带",并说我这边更好。我醒来时经常发现他乌黑的脑袋睡在我的枕头上。

"喂,"我轻声抗议,"你睡你自己的那一边。"

他则深情地拍拍我的枕头,说道:"但这里太舒服了。"

138

某天下午，我抱着狗狗莫玛。此时，他离世已经10个半月了。它扭动着身子，渴望被放下来。我弯下腰，打算慢慢地把它放到地上，却不小心没抓住它，它摔到地上，脑袋一侧磕到了混凝土的人行道上。随即，它大叫起来，那声音如此凄厉，如此尖锐，持续了很久，让人感觉永远不会停息。我蹲下身，胸口憋闷，心脏怦怦直跳。

"不要，"我喃喃自语，"不可以，绝对不可以。"

我直接把它送到宠物急诊医院，但那里要排队等候。轮到我时，我的手在颤抖，声音也在颤抖，花了很长时间向兽医解释发生了什么事。兽医向我保证，小狗的生命力很顽强，我却不相信，坚持让兽医给莫玛做检查。莫玛在诊所内接受检查时，我坐在车里，放声哭泣，泪水滑落在方向盘上。

我非常害怕莫玛会死去，可并没有立刻意识到这种强烈的恐惧正意味着我爱它。当我明白这一点时，我想知道自己怎么会找到一种方式去爱新事物。在他离世后，我不知道自己是否能做到，也不知道是否有新的爱能穿透强烈的悲伤。

139

周日,我和柯蒂斯与我的家人玩着桌游。有一个游戏的设定是在一个洞穴之中,玩家在此停留的时间越长,被气体泄漏或蛇咬淘汰的风险就越大,却越有可能发现一堆黄金,从而确保获胜。柯蒂斯总是比我们任何人坚持得都更久,就是不愿离开。他死了一次又一次,死得很不光彩,但他就是不肯罢休。每次发牌者问他是否想继续待下去时,他都会说:"是的,是的,这次轮到我了。"

我虽然不清楚我们该得到什么,可我知道他想要更多。

140

我前往了玛拉湖（Mara Lake），这个我从未踏足的地方。抵达之时，天色已晚。玛拉湖给我的第一印象，便是那码头上的灯光——灯光在水面上轻轻摇曳，形成转瞬即逝的奶油色条纹。我一到那，便听见克里斯托弗和其他人在大声叫喊。克里斯托弗家在这有一处居所，应他的邀请，大家聚集在这里，共赴一年一度的夏末旅行。而此刻，柯蒂斯离世已有一年多的时光。围坐在一张野餐桌旁的，共有12个人，他们围聚在一棵异常庞大的垂柳之下，这柳树之大，我前所未见。这12位，都是柯蒂斯的小学同学。克里斯托弗把一把黑色手柄的小刀塞进我的手里。我看着手心里的刀刃，尽量不去思考死亡的事情。紧接着，有人给我递来一罐啤酒。

"开枪！"大家喊道。

克里斯托弗更是模仿着用刀尖在银色啤酒罐的侧面轻轻一划的动作。

"开枪！"

克里斯托弗是我和柯蒂斯的伴郎。柯蒂斯最后一次去玛拉湖时是去参加自己的单身派对。那时,他给我发来了玛拉湖的照片,而今我亲眼看到了玛拉湖的夜景。每到一个新地方,总会发现它从来都不是我想象中的样子。

141

克里斯托弗提醒大家前往玛拉时要自备食物,因为在这个小镇上可选择的食物有限。因此,我在线订购了一些吃的。

过去,我会到商店为自己和柯蒂斯选购商品。我会在货架上寻找他喜欢的零食,想给他带来惊喜。但自他离世已有一年多,我仍拒绝踏入商店。

"这里和那里之间的距离"似乎在回答一个错误的问题。

142

在湖边的第一个夜晚,大部分时间里,我都坐在野餐桌旁,看着堆成金字塔形状的麦香鸡块,它的高度随着一次次的"啤酒桶站立"游戏(Key Stand)[①]而逐渐减少。在一次游戏中,有人让我去操控啤酒桶的开关,这对我来说是个全新的体验,毕竟在大学里我是个"好学生"。我操作的方式不对,起初还忘记按下扣锁。

我自嘲道:"我可没有他有趣。"

大家犹豫了一下,但我不是在寻求肯定,只是事实就是这样。

"是啊,他的风趣无人能及。"他们纷纷附和。

我迅速眨了眨眼,目光投向暗处。我不想流泪,那会让气氛变得尴尬。他们邀请我,是因为柯蒂斯已无法再与他们相聚,而我,不愿让他们后悔做出这个决定。

柯蒂斯从单身派对回来的当晚,他宿醉未醒,身体困倦,浑身酒气。可他还是没沐浴就直接坐在我床边,用平板电脑把他这

[①] 指一种饮酒游戏。在这个游戏中,一个人会倒立在啤酒桶上,而其他人会轮流往他嘴里倒啤酒,直到他喝不下为止。

个周末喜欢的点点滴滴都打出来,写了相当长一串的内容。他甚至还给我看了一个视频,画面中是他的朋友们对着挂在耳朵上的黑垃圾袋呕吐的场景。

"这是史上最棒的单身派对。"他兴奋地说着。

那一刻,他整个人仿佛都在发光。随后,他把记录下的内容整理成电子邮件,发给了所有人。

143

次日清晨,我们一行人都挤上了一艘船。克里斯托弗让我们把鞋子随意丢放在码头上。随后船在湖绿色的水波中穿行。待我们深入湖心,克里斯托弗关掉了引擎,任由船只随波漂流。此时,我们距离岸边已甚远,而四周,陡峭的页岩悬崖直插云霄。

"不如我们从高处跳下去吧!"有人提议道。

我看着灰色的悬崖,想起了柯蒂斯。

有一次,我和他去远足。我走到了山崖边,而他却远远地站着,朝我大喊,让我即刻返回。

144

出行前，心理咨询师安鼓励我去想一些事情，即便是微不足道的小事，用于纪念一周年。我告诉她，我难以释怀的是他的骨灰盒，甚至无法走进父母家储藏室里存放着他遗物的地方。

"不，"她轻轻摇头，"我说的纪念，是纪念你生存一周年，而非他的离世。"

我坐回椅子上。柯蒂斯离世前的那个"我"已消失了。我想念她作为妻子的身份、她的果断、她的欢声笑语、她清醒的头脑还有她多任务处理的天赋，但我也厌倦了白日做梦，不再期盼她的归来。我怀疑，曾经的那个我已经不复存在了。

"如果我彻底改变了，"我轻声问道，"那是不是真的意味着，我已经活下来了？"

安询问我是否真的认为悲伤改变了我的一切。

"是的，"我起初肯定，随即又否认道，"不。"

145

在船上，我们的话题全都围绕着阳光下熠熠生辉的悬崖峭壁展开，纷纷猜测着它们的高度。克里斯托弗不想跳，其他人也犹豫不决。我转向那位唯一跃跃欲试的同伴，好奇地询问他，攀爬至崖顶是否轻而易举。

"超级容易。"他信心满满地回答。

我转身不再看他，重新审视那些巍峨的悬崖。待我回头时，发现那家伙正注视着我。

"如果你敢跳，那我也一起。"他激动地说道。

146

在玛拉湖的那个夜晚,我一会儿感觉太冷,一会儿又感觉太热。一列火车穿过我不安的梦境,同时发出孤独的鸣笛声。当然,我深知,孤独的是我自己。

《圣经》中的内奥米(Naomi),她自称为"玛拉",以表达丈夫和儿子去世后的悲痛。"玛拉"一词,其希伯来语词根蕴含"苦楚"之意。然而,尽管内奥米如此自称,世人依旧习惯以"内奥米"之名呼唤她。我不知道,是否她周围的人未曾全然觉察她内心的哀伤。

又或者,这也许是她的错,也许她只能在无人之时哭泣,也许她依然以"内奥米"的身份回应,好像"内奥米"还是自己的名字一样。

147

我跟着那个想跳下去的同伴，决心从那块超过15英尺高的页岩一跃而下。岩石表面光滑，在大自然的打磨下发亮。我穿着泳衣，光着脚爬上去，攀登之路异常艰辛，只能全神贯注，紧紧抓住岩石。

抵达山顶时，锋利的小草稀稀疏疏地长着，也有微风吹来。我低头一看，有什么东西划到了我的脚，才发现大脚趾上出现了一丝血迹。攀登至山顶时虽然滑倒了，但我并没有感觉到任何疼痛。直到此刻，我才注意到自己右膝旁四道醒目的伤口，血肉模糊，鲜血淋漓。

在页岩岩壁边缘，我与那个人汇合。克里斯托弗和小船上的其他人比我想象的要远得多。俯瞰之下，悬崖底部的巨石在水中清晰可见。

我不知道自己的双腿有多强壮，也不知道水有多深、岩石有多高。我从未有过如此经历，既无把握亦无准备，页岩边缘的碎石在此刻坠落。

148

当安询问我时,我告诉她,那些我未曾因悲伤而改变的部分,恰恰是我至今仍旧不知道如何与之相处的部分。

我苦笑着对她说:"悲伤带走了一切,却唯独漏掉了'蟑螂'。"

"'蟑螂?'这是什么意思?"她追问道。

我解释说:"是强烈的感觉,是恐惧,是孤独。"

我并未向安或任何人透露,我找到了柯蒂斯为心理治疗而写的清单,恰巧也记录着我让他困扰的事情。我翻阅着他平板电脑上的笔记,寻找他在单身派对后发给大家的信息,却意外地撞见了这份清单。尽管他不希望我读他的治疗清单,但我还是这么做了。清单只写着五件事,其中一件事还是我不够大方。

149

"你先还是我先？"

我们目光落在水面时，那个人开口问道。他对我来说基本上算是陌生人，尽管是柯蒂斯的朋友，但我与他仅有的一面之缘也仅是匆匆一瞥。我不想向他承认我有多害怕，只觉得脉搏跳动得厉害，在耳边发出嗡嗡声。

我故作镇定地回答："你先吧。"

他咧嘴一笑后，毫不犹豫地纵身一跃。我看着他的身体向下坠落，水花飞溅。紧接着，他黑色的头顶浮出水面，荡起一圈圈微弱的涟漪。然而，他的成功并没有消除我的恐惧。我注视着他在水中的影子，发现他并没有游回船上，似乎在等待。

"如果你跳，我就跳。"我鼓励自己说。

坠落的时间足够让我思考，害怕活着，害怕死亡，害怕数不清值得害怕的东西，它们这一切都在我的身体里翻涌着。

我一接触到湖水，发现它的颜色由外至内都是那般碧绿。水涌入我的鼻腔，带来一阵刺痛。那一刻，我把自己埋在水下，不想浮出水面。

当我终于浮出水面时，那人欢呼起来。

他激动地说："我没想到你能做到，这悬崖太高了。"

我边回应，边拨开脸上湿漉漉的发丝："是的，我们一起做到了。"

那一刻，我们相视而笑。这是自柯蒂斯离世以来，我第一次由衷地展露笑颜，它与我往日的笑声截然不同，而是一种新生的声音。

150

单身派对结束后,柯蒂斯说他这辈子从没笑得这么开心过。他笑得如同交响乐般动听。他仰起头,以他特有的方式呼吸空气,下巴也完全张开,随着笑声不断增大,层层叠加,充满了感染力,美妙至极。

乘船回去时,夜幕已经笼罩了整个湖面。我们围坐在明亮的火堆旁,酒足饭饱后,大家脱掉鞋子和衣服,一窝蜂地冲出灯火通明的门廊,跑进垂柳投下的阴影里。在漆黑的湖畔,我只能借着码头的灯光瞥见他们的身影。不过,我能够清楚地听到他们的声音在玛拉湖上回荡,悠远绵长。

我看见一个人四肢伸展,平躺着坠入水中,身体撞击水面的声音清晰而响亮,而其他人也在大声喊着。

那一刻,我几乎能听到柯蒂斯的笑声传遍整个湖面。我身体的每个部位、每个我熟知的但还未曾触及的疼痛之处,都能感受到他的笑声。

151

莫玛一直在腹泻,而它还不到6个月大,我又在网上了解到了各种可能会让它不舒服的状况,我一直很担心它。

妈妈向我保证说:"它没事的。"并提醒我,莫玛对吃饭、走路和玩耍的热情丝毫没有减退。

"柯蒂斯也没事,"我脱口而出,"可他还不是死了。"

妈妈身体微微一颤。我用手捂住嘴,发觉自己说话不经大脑,竟暴露了自己,无意间暴露了自己对生命的不信任,对生命脆弱的恐惧。这种感觉如影随形,即便我尽量不向他人承认这一点。

当晚,我在父母的客房里再次难以入眠。我盯着困在天花板上一只白蛾。几个小时以来,我一直在想着那番景象——它苍白的翅膀,在天花板上拍打的声音,那是十几岁时画下的"天空"。离我决定搬离公寓的日子已6周有余。很快,我知道是时候该搬家了。

"也许，为人父母会让我冷静下来。"某天晚上，我轻声对他说。

他正剁着蒜，而我正看着锅里煮面条的水沸腾。

"艾米。"他看着我说。

"也许吧！"我回应道，"听说这会改变你的一切。"

他笑得那么开心，却让我感有一丝心痛。

152

我和柯蒂斯共同拥有一个名为"家"的电子面板，上面保存着我们对未来居所的想法，而柯蒂斯想亲自设计。

一年后，我登录了这个面板，发现他早已往里面添加了上百张照片，而我只在很久之前贡献过几个想法。原来，一直都是他在构想我们的未来。

正准备找一个新的住处时，我查看了这个面板。此刻，痛苦在我心中咆哮，像狂风一样猛烈。

"我心力交瘁了，"我向安倾诉，"悲伤夺走了我的一切。"

视频通话中，安领养的那只黑色小猫在她身后徘徊。尽管她是爱狗人士，但她还是领养了一只猫。我们的话题围绕着柯蒂斯离世后，我的生活发生了怎样的变化展开。

"你知道的，"她轻声说，"我在工作中接触过的很多人都说，他们不喜欢自己走到这一步的方式。但是过了一段时间，他们才发现更喜欢悲伤中的自己，而不是往昔的自己。"

我看着小猫用小爪子把水杯碰倒。

"那些再婚了的人，他们肯定有了孩子，"我淡淡地说道，"他们得到了他们渴望的东西。"

安并没有反驳我，而是告诉我："你替他去玛拉走一走是件好事。"

"你正带着他一起向前。"她温柔地说。

153

晚上，我躺在床上翻看着一位遗孀的留言板时，发现一位70多岁的女性刚刚发布了帖子。她提及40多年前她的第一任丈夫离世了。此后，她又再婚了几次，但她分享说，她心中始终有一片柔软而深邃的角落，紧紧保留着对首任丈夫的无尽怀念。她写道，她是唯一还记得他的人，他最喜欢的食物是火鸡大餐，他能轻松地与孩子们相处以及他把"打开邮件"作为上床休息的代名词。

"我想念他，"她写道，"他永远是我的最爱，即便我也爱过其他几任丈夫。"

她补充说："他那双宽大的脚，总是很温暖。"

每晚临睡前，我都温柔地对柯蒂斯说："你是我的最爱。"而他也深情回应："你也是我的最爱。"

154

我又会见了另一位心理医生,他能帮我评估我何时可以开始重返教学岗位。然而,我们见面不到一个小时,他便不断围绕我的"压力事件"展开询问。

"你的'压力事件'是什么时候发生的?"

"你的'压力事件'的性质是什么?"

他连续抛出多个关于"压力事件"的问题,最终我不得不做出回应。我告诉他,失业是压力,失恋也是压力,脚踝骨折也是压力,父母住院也是压力,但是丈夫骤然离世,然后自己在生死边缘徘徊,这就不仅是"压力事件"了。尽管我说了这么多,他仍继续使用"压力事件"这个表述。

接着,他问我,我的"压力事件"是否让我与朋友和家人分离,我摇了摇头。

"是这样吗?"他语气中透露出明显的惊讶。

这个问题似乎是个反问句,所以我没有回答。我尽量表现得礼貌一些,对这个陌生人敞开心扉,尽管他似乎更关心他的记录板,而非我。

我心里想着，我是一个人，而不是一个案例编号，可我没有大声说出来。

随后，他问起我关于写作的事情。

"你觉得写作是个能给你带来成就感的爱好吗？"他问道。

早些时候，我告诉他，我最近被一位文学经纪人签约，她正是我唯一发表故事的读者。我解释说，这是我作为作家迈出的重要一步。

"什么是爱好？"我答道，"那只是我的工作。"

他又问我是否认为自己的幽默感带着些讽刺。

"没有。"我干脆地答道。

他没有笑，我也没有。

155

有一次,柯蒂斯出差回来,立刻把我推到狭窄客厅的墙上。

"我等不及了。"他急切地说。

我呼唤着他的名字,那声音里仿佛只有这一个方向,是我此刻唯一的指引。

156

后来,心理医生将报告寄给我的保险理赔员时,我也收到了副本。报告中,他说我看起来冷漠和疏离,甚至说我可能有让周围人感到不舒服和不安的倾向。他将我的写作称为一种"令人愉悦的消遣",并注意到我的头发和妆容都打理得很好,建议我尽快恢复教学。

"我说过我不讨人喜欢。"我对RJ倾诉道。

这是深藏心底的恐惧,如今被心理医生以文字的形式呈现出来。

"但柯蒂斯爱过你。"RJ温柔地提醒我。

我不应该让他一个人去跑步的,我应该陪在他身边。

157

整理公寓耗时一个月，期间，莫玛把打包盒和胶带都咬了个遍。某天下午，我带它出去撒尿。云层深处，闪电云已经舞动了一个小时，雷声阵阵。其中一道雷声尤为持久，连马路对面公园里嬉戏的孩子们都停下了手中的事情，抬头望向天空。

莫玛却没有被声音所困扰。它嗅着树枝，啃食着青草，还咬断了紫色的小花。我不知道它们是否有毒，只好从它嘴里夺下那些花朵，扔到路边。它吃了一些小石头，它紧闭下颌，把石头藏在舌头下面，但我还是从它的嘴里取出了这些石头。

几个小时后，雨水终于落下时，莫玛在睡梦中发出小声的呜咽。我在想，我希望自己能少一点恐惧。雨水早已将马路上的紫色小花冲刷得无影无踪，并在窗户上形成不断下落的水流。

158

血管外科医生批准我从事教学相关的体力活动,但特别叮嘱我,长时间站立时,左腿需要穿上长及大腿的弹力袜,并警告我说,如果我不穿弹力袜,未来3~5年内,我的腿部静脉可能会永久性衰弱。

"目前你的腿看起来恢复得不错,"他说,"但3年后,可能会肿胀,且再也无法消退。这是你经历那次严重血栓事件后,真实存在的风险。"

他提醒我,如果我怀孕了,体内的支架极大概率会闭合,从而再次引发深静脉血栓。我则向他明确表示,我不必有这样的顾虑。

"我并不打算活那么久。"我对外科医生说。

柯蒂斯从不惹我生气,但总是弄坏东西。他床头柜上的抽屉打不开,车辆的冬季轮胎一年四季都在用,吉他盒上的门锁也坏了,这些东西,他似乎从不在意。

"你打算什么时候修好?"我一再追着他问。

以前,我力求一切都长长久久,但现在,我连压力袜都不穿了。

159

我和卡蒂去吃午餐。她把金棕色的头发编成粗大的辫子，而我戴着我最大的那副黑色太阳镜。我们坐在外面的木桌旁。在我的右侧，两位70多岁的女士已经快结束她们的用餐，面前的盘子是空的，腿上散落着揉成一团的餐巾纸。这时，其中一位女士的电话响了。她接电话时，我正在吃柠檬蛋糕，她用一只手捂着脸时，我便停下来了。她开始抽泣时，我转过头去。她的哭声有一种特有的呜咽声，吸气的方式也很独特。

"有人去世了。"我低声对卡蒂说。

卡蒂以口型向那位女士的同伴询问："她还好吗？"

那位同伴告诉我们，这位女士的丈夫刚刚在临终关怀医院去世。卡蒂给这位女士递上了一张干净的餐巾纸给她擦眼泪。女士挂断电话后，我们向她表示哀悼。她点点头，用纸巾轻拭鼻尖，她的同伴则对我们的善意表示感谢。

此时，我告诉这位刚刚失去伴侣的女士说，我理解她的痛苦。

"你真年轻。"她感叹道。

她的那位同伴告诉我们，她自己的丈夫也在6个月前离世了。

并补充道:"我看起来或许并不悲伤,但我的内心深处是极其难过的,我真的非常伤心。"

我从未质疑过这位女士内心的哀伤,也能理解她为何向我倾诉这些。两位女士都询问我柯蒂斯离世的情况以及我目前的状况。我尝试着回答,但心中涌起一阵恐慌,如同酸液般灼烧着我的喉咙。

我前往洗手间,双手撑着白色的小水槽,凝视着自己的倒影。他离世已有一年多,原本,我和他应该在温哥华庆祝我们的一周年纪念日。而现在,我却在卡尔加里的咖啡馆洗手间里哭泣。

"你之所以在这里,是因为你丈夫已经离世了。"我戴着口罩,声音略显沉闷,"他不会回来了。"

我不得不摘下口罩,擤掉鼻涕。

"你很伤心,"我告诉自己,"承认吧,你现在依然深陷在悲伤之中。"

柯蒂斯离世的那天,我和爸爸离开医院之前,我问他,爷爷在他二十多岁的时候突然离世,他用了多久才走出悲伤。

他答道:"很多年,"然后过了一会儿又说,"也许永远走不出。"

160

搬进新家后的几天,我便开始恢复教学。那时正值10月,距离柯蒂斯离世已经过去14个月,我让妈妈不要担心。

"你从来没有独自生活过。"妈妈担忧地说道。

我无法反驳。我第一次完全独自生活时,只持续了三周,随后,柯蒂斯就和我一起搬进了公寓。

我也从未在没有他的情况下全身心地投入到教学工作中。

"每次回到家,我都会告诉他自己一天的经历。"我对RJ说,"我从来没有在没有他的情况下做这份工作。"

在网上,一位女士在遗孀留言板上发了个帖子,她写道:

"我们有什么选择呢?我们不能永远抱头痛哭。我们不是'没事',而其他人所谓的'坚强',只是因为我们别无选择。"

很多人在她的帖子上点了"赞"。

"我想把这个分享给我认识的每个人。"有人回复道。

我也回复了这位女士的帖子,我写道:

"悲伤就是慢性疼痛,何时人们才能允许哀伤之人在不被强求'治愈'的状态下,继续生活下去呢?"

161

克里斯托弗与我断了联系,既未言明缘由,也未提前告知。给他发了一个月的信息之后,我才意识到他的沉默是有意为之——我了解情况,想知道他是否愿意一起出去玩,问他是否还记得柯蒂斯走路时有点罗圈腿,有点活泼的样子——这些消息最终在我们的聊天记录中堆积成一堵未回复的蓝色气泡墙。

结束一天漫长的教学工作后,我正准备回家。开车时,我明白克里斯托弗他是故意保持沉默的,心中五味杂陈。克里斯托弗邀请我去玛拉湖已经是4个月前的事了。几天前,我又给克里斯托弗发了一条信息,问他是不是出了什么事?我是不是做了什么让他不高兴的事情?回应我的只有沉默。那一刻,悲伤渗入我的身体,让我感觉像灌了铅一样沉重。我紧握方向盘,努力深呼吸。

162

我依旧躺在床的一侧,仍然认为那是属于我的位置。夜深人静时醒来,我伸手想要去触碰他。衣柜里,他的夹克依旧挂在我的夹克旁边。

163

我在网上发布了一张我和布雷登咧嘴笑的照片，这是柯蒂斯离世近17个月以来，我首次分享的照片。

"看到你又开心起来了真好。"有人留言道。

这让我非常生气，于是我删除了评论。照片我并未撤回，但这句话却让我陷入了思考。

重返教学岗位的第一周后，我回到家时，新家是如此安静，有那么一瞬间，我怀疑自己是否失去了听觉。我回到了同一所学校，做着同一份工作，教授六年级的学生，沿着同一条名为"纪念"的路开车上下班。

我躺在全新的沙发上，透过窗户看着新的景色。视线内有一条河流，光线在水面上洒下层层银晖。那一刻，我哭得头痛欲裂。

164

当我向赛琳娜倾诉克里斯托弗突然断联的事时,她陷入了沉默,只听得到她那边正燃烧着的蜡烛发出的噼啪声。

最终,她轻轻吐出一句:"太可怕了。"

我告诉她,悲伤疗法让我懂得,这些"二次损失"虽然痛苦,但却是悲伤过程中可以预见的部分。

"不过,"我补充道,"我并没有预料到克里斯托弗会这样。"

我问赛琳娜她认为可能会发生什么时,她轻轻耸了耸肩。

我明白,赛琳娜回答不了我的问题,也知道克里斯托弗可能会继续这样,可能会成为我无法摆脱的另一个难以解释的悲伤。当她问起时,我按了按自己的胸骨,示意她我依旧感到痛苦。

我感慨道:"所有的失去,都像这样一直萦绕,无法消散。"

"是啊,"赛琳娜叹了口气,"确实如此。"

165

我循序渐进地重返教学岗位。几个月以来，我先在学校工作两天，再是三天，然后逐渐增加。有时我忘记在课前复印讲义，也弄错过学生的名字。自从他离世后，就没见过我的同事走进我的教室对我说："嘿，很高兴再次见到你。希望一切顺利！"我只是盯着他们看。这种礼貌的闲聊是一种我无法忍受的否认形式。同事们都知道发生了什么，他们曾在吊唁卡上签名，所以我知道他们心里都清楚。

"我丈夫离世了。"我直截了当地说，"情况不妙。"

有时，我只是沉默不语，我们之间便一直这样沉默着。

不上课的日子里，我会躺在床上直到黄昏降临。我不知道为什么要起床，只觉得一切都是空洞虚无的。

"一切都不重要了。"我告诉RJ。

当他问及我会花多长时间思考死亡时，我告诉他，我几乎每天都在想。

166

克里斯托弗的沉默来得突然且毫无缘由,可他始终保持沉默,先是3个月,随后是6个月,乃至8个月之久。9个月后,我发现自己对这段骤然中断的关系已经不那么好奇了,但我仍然想知道缘由。

也许,柯蒂斯去世后,再看到任何与他有关的人或事,都会引起悲痛。也许,对克里斯托弗来说,在没有任何提醒的情况下,继续生活反倒会更容易些。有些人选择回避,不去了解爱一个人需要付出多少。

我在手机里存了克里斯托弗的号码,期待着他主动联系我,但他从未联系过。

167

尽管柯蒂斯已经离世两年,但这件事依然让我难以接受。如果有人问我时间过去了多久,我会回答"一年",因为我的感觉就是如此。阴暗的心时刻影响着我,我看见他了,但那从来不是他。

朋友给我发短信:
"嘿,过得好吗?"

我没有回复。
在第二年,我的抑郁症状明显加重,这是在第一年的悲伤咨询中无人提及的内容。

168

有一年的12月,我和柯蒂斯驱车前往距离卡尔加里一小时车程的山区。我们朝着名为下瀑布(Lower)和上瀑布(Upper)的方向徒步攀登。他以前来过这里,我却没来过。我没想到瀑布下方会被冻住,宛如一条冰蓝色的辫子,周围还传来低沉而有节奏的轰鸣声。我意识到,瀑布之下的水流还没完全冻结。水依然在冰层之下流淌,最终汇入湛蓝的水潭中。

冰层让我心烦意乱,因为它所展现的,与我心中想象的情境大相径庭。事实上,我们周围的一切——白雪、泥土、石头、树木、被云层遮挡的太阳、冰和衰败的景象——这些都是我能看到却又无法看透的东西,所有的一切都让我烦恼。柯蒂斯告诉我,大雪封住了通往其他瀑布的小路。

"下次再来吧。"他微笑着说。可是,没有那么多下次了。

169

某个星期五放学后,我开车回家,在红灯前停下。前方,落日余晖正好将天空渲染成粉金色。我摇下车窗,温暖的空气扑面而来。有那么一瞬间,我在想,在悲伤的黑暗之外,是否还存在着某种东西?虽然遥远,却又坚实,带着一种轻盈,甚至是和谐。随着绿灯亮起,我的车汇入车流,一同向前。

然后我又暗自思量:或许,这就是全部了。

170

我参加了纽约上州的一个艺术家驻地活动。此时是仲夏,柯蒂斯离世还不到两年。我本该在2020年秋天就参加这个项目,但他的离世和疫情让我不得不将行程一再推迟。还记得当我第一次获得参加活动的资格时,柯蒂斯马上问我他能否同行。

"即使只是去看看,"他满怀憧憬地说,"那我也想和你一起看。"

在卡尔加里的机场,我需要向美国边境人员解释什么是艺术家驻地活动。

"如果要去工作室工作,"我解释道,"必须提交申请并获得批准。"

"如果你有工作,那就需要签证,"检查员说,"你有签证吗?"

我摇摇头。

"这是没有报酬的,"我进一步说明,"反而能获得写作的时间和空间,我要去一个月。"

"既然不需要签证,就不应该使用'工作'这个词。"

她的脸上写满了疑惑,嘴角和眉毛都微微皱起。

"所以，是学校？"她试探性地问，"你要去学校写作？"

"不是学校，"我连忙澄清，"没有课程安排，我只是在树林里写作。"

"这里也有树林，"她似乎有些不解，"不必大老远飞到纽约去的。"

一时陷入了短暂的沉默。

"你刚才说你没有报酬？"她最后问了一句。

"是的，"我连忙答道，"没有报酬。"

她把护照递给我时，又补充道："下次就说你是去度假的。"

171

丽贝卡用她丈夫喜欢的事物来纪念每一个周年纪念日、生日和难忘时刻。她吃着他最喜欢的食物,弹着他喜欢的吉他,或在周三和救助犬一同参与义工活动。她还会点燃蜡烛,和他的朋友聊起他爱穿方格衬衫的事情。

我不会做这些事,甚至连看一看柯蒂斯的吉他架都受不了。我告诉丽贝卡,我仍然担心自己的记忆已经在这段时间里出现了偏差。

"是的,"丽贝卡如释重负地说,"我也担心自己做得不对。"

172

我和柯蒂斯曾在纽约共度时光,他在这座城市第一次告诉我他爱我。但在那之后,我就再也没踏足过这个城市。

抵达驻地时,一位活动工作人员前来迎接我。她自我介绍说,作为驻留艺术家中的一员,她负责视觉设计,也是其他驻地工作人员和艺术家之间的联络人。

当她问到"作家"时,我说是。

她领着我去看我的房间,房间很整洁:蓝白相间的床单、嫩黄色的地毯以及深色的木质梳妆台。床上还摆放着一个欢迎礼包,包上还印着我的名字,紧接着,名字下方是"作家"这一头衔。我凝视着那个礼包,久久未能移开视线。

他比我更早地把我视为作家,但我仍然不敢相信"作家"这个词能用于描述我的身份。于是,我将此情此景拍照记录下来了,因为他曾说过,希望我能与他分享每一件事。

随后,助理告诉我,我的卧室和写作工作室相连。我把行李箱放在床边,随后走进一个昏暗的小办公室。拉开紧闭的窗帘,映入眼帘的是一片郁郁葱葱的密林。

"这是当地的红杉和黑橡树,"她介绍道,"有些树木已经有两百年的历史了。"

树木大都高耸入云,树冠隐于天际。

173

安告诉我，每个人都必须用自己拥有的东西来缅怀逝者。当我向她描述丽贝卡的哀悼仪式时，内心充满了赞赏，但又感觉自己似乎做不到那样。安耐心地解释说，有些人会做象征性的举动来表达哀思。

"每个人都不一样，"她看着电脑屏幕那端的我，继续说道，"每个人都有自己的方式来寄托哀愁。"

"比如写作。"我举例道。

"没错，"她肯定地说，"这正是你所拥有的方式。"

174

在参观过程中,视觉艺术家向我展示了停放整齐的"巡洋舰"自行车。它们排列在驻留项目的主楼外。

她解释说,场地很广阔,许多驻地人员会骑自行车穿梭其中。骑行路线上的风光很美,但她提醒我,有一段路尚未铺设好,且缺乏照明设施。

"在那一片区域晚上一片漆黑。"她补充道。

随后,她从裤兜里拿出一张地图,向我展示了已铺设好的路线是如何构成一个大圆套小圆的图案的。

她还告诉我,虽然完全可以在铺好的小路上行走,但在小路旁野草茂盛之处,骑行则最为适宜。

"对了,我想起来。"她话锋一转。

她在地图上指出急救箱的位置,急救箱内备有应对蜱虫叮咬的必需品。显然,这一带蜱虫出没频繁,我惊慌地盯着她看。

"如果你真的很担心,"她安慰道,"那可以尽量骑行出发,这能让你远离昆虫。"

骑自行车的建议颇为合理,却也激起了藏在我内心深处的另一种恐惧。

175

气象局发布了高温预警,我手机上的天气应用也显示着纽约上州的高温指数变成了褐红色。由于我的工作室没有配备空调,我会在深夜工作,期盼着天气凉快些。

当视线完全模糊,再也看不清电脑屏幕上的文字时,我合上笔记本电脑爬上床榻。试着入睡前,我翻了个身,将手机贴近耳畔,循环播放他的语音讯息:

"嘿,宝贝,我换了新手机。我爱你,我们很快就会见面的。"

他在说到最后几个字时,加入了明显的停顿。

"请回来找我……"我轻声呢喃。

"柯蒂斯……"我又一次呼唤他的名字。

他的声音仿佛贯彻了我的身体,回荡在每个角落。

176

他喜欢骑行,有两辆自行车——一辆山地车和一辆通勤自行车,每一辆都保养得很好。我们的衣柜有一整层的空间专门用于堆放他的骑行服、带有软垫的骑行短裤、骑行头盔以及运动太阳镜。

我们在一起的第一年里,柯蒂斯给我买了一辆奶油色的七速自行车。他畅想着夏日里我们沿着城市小路骑行。

我提醒他,上次我们骑行时,我从他借给我的车上摔了下去,晕倒了。我告诉他,我每次骑自行车,几乎都会从上面摔下来。我给他看我身上的几处伤疤,都是骑行事故留下的。最可怕的一次,我摔倒在马路中央,旁边的车道上的车辆疾驰而过。他听着,点头表示理解,随后拍了拍自行车宽大的咖啡色真皮座椅。

"也许有一天。"他微笑着说。

177

到了下午，我的卧室和工作室变得非常热，就连喉咙里的空气也变得灼热起来。透过我工作室的窗户望去，其他住户的窗户大多都紧闭着，人们都各自选了辆自行车，踩着踏板朝着一片树林后的室外泳池骑去。通往泳池的路，大部分都铺设了路面，但最后一段路却是一片长长的草地。小草因天气炎热而变得干燥脆弱。这片区域内，几乎所有的艺术家都骑着自行车，因为就在我刚来这里的第一周，有一位作曲家在散步时，蜱虫叮咬了脚踝骨上方。

置身于闷热的工作室里，我想象着泳池里的水宛如一块蓝色晶体。其他艺术家告诉我，骑自行车前往那里并不远。我摸了摸膝盖上的伤疤，汗水已浸湿了全身。

178

这片驻地最初并非为艺术家准备的。它曾经是一位母亲、一位父亲和四个孩子的家园。后来,四个孩子离世了,随后丈夫也撒手人寰,只留下那位女性。她既不再是一位妻子,也不再是一位母亲。

孩子们离世后,女人和她的丈夫决定将这处房产变成艺术家的创作空间。但丈夫的离世,让女人只能独自将这个意图付诸行动。

第一批艺术家来到这时,这位女士也已离世。

179

第一次沿着铺设好的路线骑行时,我在自行车上摇摇晃晃。车座并未固定好,而是来回摆动,导致我的身体歪歪扭扭。起初我也不明白刹车需要向后踩着踏板。自行车顺着坡道滑行,速度稍稍加快,吓了我一跳,只能双手紧握着车把,寻找着并不存在的刹车手柄。

为了消除恐惧,我在心中默念:"柯蒂斯在骑车,柯蒂斯在骑车。"

他,那个对骑行游刃有余的人,即便是闭上眼、伸展双臂,也能保持平衡。

180

由于在驻地发生过多起离世事件,人们深信这位女士的灵魂在此徘徊。一些艺术家还在这位女士的坟墓前留下祭品——她的坟墓就在驻地内。

然而,我既没有前去扫墓,也没有给她留下祭品。这并非出于不敬或恐惧,甚至也不是不相信鬼魂的缘故,只是因为我希望我的大门向逝者敞开。每日每夜,我都在等待,等着他来看我。

181

最终，我感觉自己足够稳当，可以在铺设好的环形小路上缓缓骑行。小路沿着长满藻类的池塘边缘，蜿蜒地穿过茂密的树林。

遇到岔路口时，我便向后踩着踏板，颤抖着停下。未修缮的路面布满了杂草，锋利的灰色石子从野草的缝隙中探出头来。那条坑坑洼洼的小径两旁树木林立，头顶的树冠完全遮蔽了阳光。望着路面松散的石头，我心中充满了犹豫。

最终，我还是决定留在阳光明媚的平坦小路上。骑行返回自己的房间时，我经过了一个专为视觉艺术家量身打造的工作室，那是这片土地上最新的建筑之一，由雕花木材和铜色金属构成。这片建筑的屋顶都被设计成黑色的斜坡，朝着相同的方向，边缘勾勒出一条向上延伸的深色线条，直至汇聚成一个尖锐的交叉点。

因为他，我才特别关注这些。

182

在一个介于黑夜与白昼之间的凌晨,一只蝙蝠被困在我写作工作室外的走廊里。而此处只有一扇未设纱窗的窗户打开着。在看到它之前,我就听到了它的声响。蝙蝠漆黑的羽翼发出急促的声响。它在空中上下翻飞,我惊呼出声,躲开了它模糊的身影。

"这边,"我不停地说,挥舞着手臂指向仍然敞开的窗户,"这边。"

我的努力根本无法让蝙蝠平静下来,它因恐惧而疯狂。最终,蝙蝠自己找到了通往窗户的路,飞向了蓝黑色的天空,它的身形与树木、星星和广阔的天空融为一体,形成一个黑暗的剪影。

183

我将一台白色的立式风扇搬进了房间。晚上结束写作时,我给风扇插上电源,风扇随即嗡嗡作响。它还有一片扇叶是歪的。这噪声太大,让人难以入眠。风扇能让空气流通,却丝毫没有让房间凉快下来。即便如此,在这炎炎夏日,它仍然是一种慰藉。我躺在床上,让微风吹拂过我的身体。

过去,他总是希望我把很多事都告诉他。但如今,他的快乐时刻于我而言,却成了最为煎熬的事情。他提起我试图与蝙蝠对话的趣事。每次我将其称为"挑战《国家地理》杂志"时,他都会忍俊不禁。

我无法相信生命中那些被强加于身的痛苦有多么沉重。即使知晓,也没有人能告诉我们如何与之共处。

184

一个特别"温暖"的夜晚,我踏出房门,去骑行。天空中繁星点点,清晰而生动。我在小路上慢慢骑行,谢天谢地,终于在外面寻得一丝凉意。我在驻地的工作已接近尾声。微风轻拂着我的发丝,细长的黑色路灯照亮了道路。我在通向未铺设小路的转弯处慢慢停下。那里,是环形小路上我还未探索过的最后一部分。望着漆黑的荒野,我深深地吸了一口气。夜色晦暗,即便如此,树干的轮廓、尖锐的石头、闪烁的萤火虫,所有的一切依旧隐约可见。确实,他会看到他想看到的一切,喜欢风景优美的路线,喜欢绕远路。于是,我骑着自行车继续前进。车轮刚一离开混凝土地面,驶入碎石路时,车身随之一晃,随后又逐渐恢复平稳。我握着车把的手在颤抖,挡泥板在颠簸中发出声响。

我在寻找我的影子,但我看不见,因为它无处不在。尽管眼前一片漆黑,但大地依然蕴藏着白日的阳光。热气在我的后颈上汇聚成汗珠,石块也不时与车身碰撞着。我奋力蹬踏着踏板,任由自行车在黑暗中飞驰,耳边是树叶在头顶上的沙沙声。树木离得如此遥远,树影在灌木丛中晃动。也许是风吗?还是呼吸?而此刻,某种东西已烟消云散。

致谢

我一直想告诉他,想让他知道:凯瑟琳·福赛特(Katherine Fausset)、布里迪·洛韦罗(Bridie Loverro)、齐比·欧文斯(Zibby Owens),以及齐比图书公司和柯蒂斯·布朗(Curtis Brown)公司团队,正是你们的辛勤耕耘,让这本书得以成为现实。

我想把他的光芒照向希拉·埃利希曼(Shira Erlichman)、迈克尔·戈兹曼(Michael Goetzman)、贾里德·杰克逊(Jared Jackson)和金伯利·克鲁格(Kimberly Kruge)身上,你们不仅是我热心的读者,更是我亲爱的朋友们。

我希望他能伸出双臂拥抱我,拥抱我的其他挚爱:艾伦和简·林,丽莎和卢克·戈雷斯基(Luke Goretsky),大卫和海伦·维特勒(Helen Vitler),贾雷尔·布伦内斯(Jarel Bremness)以及我所有的大家庭成员——是你们的爱支撑着我。

我想让他拉近我们之间的距离——凯瑟琳·拜尔斯(Kathleen Byers)、妮可·戴克(Nicole Dyck)、金·埃弗林厄姆(Kim Everingham)、丽贝卡·吉尔伯森(Rebecca Gilbertson)、兰迪·约翰逊(Randy Johnson)、布雷登·斯科特(Brayden Scott)、泰伦·蒂尔顿(Taryn Tilton)和蒂菲斯一

家(the Thieves),是你们让我颤抖的手平稳下来。

我想让他知道。我想抱住他,直视他的眼睛,告诉他:柯蒂斯·林赛·雷伊·西山(Kurtis Lindsay Rei Nishiyama),你说得对,爱,它比时间更恒久。